KB245073

길을 찾는 책 읽기

길을 찾는 책 읽기

초판 1쇄 인쇄 2004년 1월 5일
초판 1쇄 발행 2004년 1월 10일

지은이 | 김학민
펴낸이 | 박성규
펴낸곳 | 도서출판 아침이슬

등록 | 1999년 1월 9일(제10-1699호)
주소 | 서울시 마포구 합정동 364-70(121-884)
전화 | 02)332-6106
팩스 | 02)322-1740
E-mail | webmaster@21cmorning.co.kr
홈페이지 | www.21cmorning.co.kr

ⓒ 김학민, 2004
ISBN 89-88996-39-9 03810

· 이 책의 내용을 쓰고자 할 때는 저작권자와 출판사의 허락을 받아야 합니다.

· 잘못 만들어진 책은 바꾸어 드립니다.

길을 찾는
책읽기

김학민 지음

아침이슬

　필자가 청소년에게 권하고 싶은 책들을 골라 한 권의 책으로 엮으려
고 계획한 것은 순전히 개인적인 체험에서 시작된 일이었습니다. 필자
에게는 현재 대학생인 두 딸이 있습니다. 몇 년 전 두 아이가 고등학교
에 다닐 무렵, 필자는 몇 번이고 읽었으면서도 그때마다 새롭게 감동을
받은 김구 선생의《백범일지》를 아이들에게 권했습니다.

　일본 제국주의자들에게 강탈된 조국을 되찾기 위해 이역만리 중국
땅에서 죽음을 무릅쓰고 활동해 온 김구 선생의 일생을 그린 『백범일
지』를 필자는 '민족의 교과서'라고 생각하고 있습니다. 그래서 기회가
있을 때마다 누구에게나《백범일지》를 권해 왔던 터라 제 아이들에게
도 이 책을 읽히려 한 것은 너무도 당연한 일이었습니다.

　두 아이 또한 책을 좋아하였고 아버지의 권유도 있어서《백범일지》를
잡고 읽기 시작했습니다. 그러나 서너 페이지도 나아가지 못하고 책을
놓더니 너무 어렵다고 하소연하는 것이었습니다.

　《백범일지》가 어렵다?

　국민들의 평균 학력쯤 될 고등학생들에게조차 어려운 책이라면 '민
족의 교과서'가 될 수 있겠습니까? 아이들이 읽다 놓아둔《백범일지》
를 집어 들고 가만히 읽어 보니 아이들의 항변에 일리가 있었습니다.
한문 문화 아래에서 살아온 김구 선생이 70여 년 전에 쓴 글을 한글로
만 풀어놓는다고 하여 요즈음의 한글 세대가, 더구나 고등학생이 쉽게

읽을 수 없음은 너무나 당연한 일이었습니다.

이 일을 계기로 필자는 중·고등학생 정도면 읽어 낼 수 있도록 어려운 문체를 쉽게 풀어내고 축약된 내용을 보충하여 설명하는 《백범일지》를 펴내기로 결심했는데, 이것이 이 책에 소개된 《정본 백범일지》입니다. 그리고 여기에서 출발하여 청소년에게 도움이 되는 책을 골라 한 권의 책으로 엮을 생각을 하게 된 것입니다.

흔히 요즘 학생들은 책을 읽지 않는다고 이야기합니다. 그러나 이것은 일방적인 이야기입니다. 돌이켜보면 요즘 학생들의 아버지뻘 되는 필자 세대가 청소년일 때도 책을 읽지 못했습니다. 물론 그때는 요즘에 비해 읽을 만한 책이 절대적으로 부족하였다는 것이 한 이유가 되겠지만, 청소년으로 하여금 책을 읽지 못하게 하는 구조적인 원인을 따진다면 그조차도 부차적인 이유가 될 것입니다.

청소년에게 있어서 책은 무엇입니까? 시험에 나오느냐 안 나오느냐가 책을 읽어야 할 기준이 됩니다. 입시 위주의 우리 교육 현실이 만들어 낸 비극입니다. 그러나 독서는 결국 정신의 자양분을 풍부하게 제공해 학습에도 영향을 줄뿐더러, 내놓고 이야기하기는 싫지만 논술고사를 비롯한 입시에도 큰 도움이 됩니다.

TV 등 영상 문화의 만연과 컴퓨터에 대한 집착도 독서를 멀어지게 합니다. 컴퓨터는 지식을 만들어 내는 공장이 아닙니다. 책 속에 들어 있는 지식과 정보를 가공하여 쉽게 접할 수 있도록 한 것이 컴퓨터입니다. 그러므로 보다 원천적이고 깊은 지식을 접하고 사고력을 키우기 위해서는 책을 가까이 해야 합니다.

무조건 '고전(古典)'만을 청소년들에게 추천하는 독서 지도도 책을 멀리하게 만듭니다. 아무리 고기가 좋다 하여도 젖도 떼지 않은 아기에게 고기 덩어리를 먹일 수가 있겠습니까?

고전은 수천 년을 내려오며 인류에게서 검증 받은 것이므로 좋은 책임에는 틀림없습니다. 그러나 고전은 어렵습니다. 또 지루합니다. 그러므로 고전으로 가기 위해서는 그 어렵고 지루함의 물결을 넘기 위한 '다리'가 필요합니다.

이 책은 바로 그 '다리'이고자 합니다. 고전 지상주의자들의 비판에도 불구하고 고전의 쉬운 해설서, 고전의 축약본들을 이 책에서 소개하고 있는 것이 그 이유입니다.

그리고 소개하고 있는 책들의 줄거리를 모두 정리하여 옮기지도 않았습니다. 그 책을 읽고 들었던 필자의 느낌을 간단하게 적었을 뿐입니다. 그것은 이 책의 발간 목적이 청소년에게 책 읽기를 권하는 것이지, 어떤 책의 내용이 어떻다고 소개하는 것이 아니기 때문입니다.

이 책에서 소개하고 있는 책들은 오늘의 시점에서 필자 나름으로 청소년에게 꼭 필요한 것이라고 생각하여 고른 것입니다. 앞으로 더 쉬운 해설서, 더 재미있는 축약본, 더 좋은 교양서들이 나오면 바꾸거나 보충할 수도 있습니다. 아무리 튼튼한 다리라도 계속 점검하고 수리해야 되는 법이니 말입니다.

이 책을 엮어 내기까지 필자 혼자만의 힘으로는 가능하지 않았습니다. 기획과 목록 확정, 자료 정리에 이르기까지 헌신적으로 도와준 문화기획가 이두엽 선생, 성균관대 대학원생 장영은 양, 원고를 꼼꼼하게 읽음으로써 부족한 부분들을 채우게 해 준 도서출판 아침이슬의 신수진 편집팀장에게 감사의 인사를 드립니다.

그리고 어려운 상황 속에서도 25년간 한마디 불평 없이 필자를 지탱시켜 준 아내 양해경과, 아빠의 큰 보살핌 없이도 마음과 몸 모두 건강하게 잘 자란 두 딸 설아, 인아에게도 이 지면을 빌려 사랑의 인사를 전합니다.

2003년 세밑에
김학민

◆일러두기

· 본문 속에 소개된 서지정보는 '저자 및 편저자, 역자, 출판사, 출간연도' 순이다.

· 출간연도는 현재 유통되고 있는 책의 최신판을 기준으로 했고, 필요할 경우 괄호 안에
초판 출간연도를 넣었다.

· 인용 부분은 원본에 충실하되, 띄어쓰기의 경우 국립국어연구원에서 편찬한 표준국어
대사전에 따랐다. 다만 책 제목과 시의 경우 원래의 띄어쓰기를 그대로 따랐다.

차례

책머리에

문화적 상상력 벼리기

세계 시민으로 살기 위하여

역사 지식보다 역사 의식

어떻게 살 것인가

무엇을 할 것인가

십대의 힘, 눈부신 감수성

문화적 상상력 버리기

소설 속의 철학

재미있는 소설 이야기를 읽으며 철학을 친구처럼

　　소녀가 며칠째 개울가에 모습을 보이지 않는다. 소년이 할 수 있는 일이라곤 주머니 안에 든 조약돌을 손끝이 아리도록 만지는 것뿐이었다. 언젠가 소녀가 소년을 향해 던졌던 돌멩이이다. 소년은 주머니에 조약돌을 '가지고 있는' 가. 아니다. 그는 단지 그것을 느끼고 있었다. 도대체 누가 그 따위 흔한 조약돌을 가지려 할까. 소년은 단지 느끼려 했을 뿐이다.

　　소녀는 그날 소나기로 말미암아 얻은 열병으로 죽는다. 죽으며 남긴 소원은 분홍 스웨터를 입은 채로 묻어 달라는 것이었다. 그 옷은 소나기로 불어난 개울을 업혀 건널 때 소년의 체취가 얼룩으로 묻어 있는 옷이다. 소녀에게도 마지막까지 중요했던 것은 '느끼는 것'이었다. 느끼려는 사람들은 마음을 못내 내려놓지 못하는 법이다. 법사가 그랬고, 소녀가 죽음의 순간에서도 그랬으며 소년이 마지막까지 그랬던 것처럼.

《소설 속의 철학》 45~6쪽

김영민 · 이왕주, 문학과지성사, 1997

　　미리 밝혀 두지만, 나는 고전(古典)을 중시하는 이른바 '고전 지상주의자'가 결코 아닙니다. 사람들이 고전이라고 부르는 책들의 권위를 무시하고 싶은 생각은 조금도 없지만, 고전이라는 이름으로 독서를 강요하는 무언의 폭력이 나는 싫습니다. 책은 일단 좋아해야, 그리고 재미있어야 읽을 수 있다는 것이 내 독서론이라면 독서론입니다.

　　철학이라는 이름 아래 우리가 읽어야 할 것으로 순서를 매겨 놓은 책들이 얼마나 많은가요. 가끔은 저자 이름이 무엇인지, 어느 나라 사람인지도 모른 채 책 제목을 외우고, 그것도 모자라 읽은 척을 하는 고역에서 이제 벗어나야 하지 않을까요?

쉬운 책에 내용이 없다는 생각은 편견 중의 편견입니다. 알고는 싶지만 괜히 어렵게 느껴져 늘 풀지 못하는 수학 문제처럼 우리를 괴롭혔던 철학의 주제들을 젊은 철학자 김영민, 이왕주 두 선생이 친절하게 안내한 책《소설 속의 철학》을 여러분에게 소개합니다.

우리가 잘 아는 황순원의 〈소나기〉와 같은 48편의 소설 이야기를 통해 철학의 세계로 유도하는 이 멋진 글 솜씨에 나는 아낌없는 박수를 보냅니다. 물론 이 이야기들은 '작품에 대한 글쓰기' 곧 작품 평론은 아니며, 그렇다고 어렵고 무겁게만 여겨지는 형이상학적 주제들을 파고든 철학 논문도 아닙니다. 철학이건 문학이건 그냥 '작품으로 하는 글쓰기'라고 생각하면 되겠습니다.

나는 '철학적인 글'과 '그 이외의 글들'이라는 식의 편가르기 사고가 철학을 더욱 어렵게 만든다고 생각합니다.

소설 속 주인공들의 삶과 생각의 바탕을 분석하고 철학적 주제와 연결시킴으로써 여러분이 철학을 가까운 친구처럼 대할 수 있게 한 것이 이 책의 큰 장점입니다.

또 소설 속 주인공의 생각이란 대개 바로 그 작가의 생각이 투영된 것이므로, 이 글들에서 유명 작가들의 '철학'을 만날 수 있는 즐거움을 여러분은 덤으로 얻게 되지요.

소피의 세계

학생들 읽으랬더니 남녀노소 다 읽는다고 덤비네

소피는 거실을 지나 엄마의 침실로 갔다. 소파 탁자 위엔 수선화가 그득한 꽃병이 하나 놓여 있다. 소피가 지나갈 때 노란 수선화가 경외하는 마음으로 인사하는 듯했다. 소피는 잠시 멈춰 서서 두 손가락으로 수선화의 매끄러운 머리채를 어루만지며 말했다.

"너희 역시 살아 있는 자연의 일부인데, 너희를 담고 있는 병에 비해서 너희는 어떤 특권을 가지고 있는 거야. 하지만 가엾게도 그걸 지각할 능력이 없구나."

소피는 엄마의 침실로 살그머니 들어가 깊이 잠드신 엄마의 머리 위에 한 손을 올려놓고 속삭였다.

"엄만 가장 행복한 생물에 속해요. 들에 핀 백합 같은 식물이 아니고 쉐레칸이나 고빈다 같은 동물도 아니고 사람이니까요. 엄만 생각할 줄 아는 사람이니까 진기한 능력을 이용할 수 있어요."

《소피의 세계》 양장본 177쪽
요슈타인 가아더, 장영순, 현암사, 1996

철학과 대학생을 측은하게 바라보는 우리 사회의 시선, '철학과에 갔으니 앞으로 좋은 회사에 취직하기는 틀렸다'는 고정관념이 언제부터인가 더욱 깊어졌습니다.

철학, 더 나아가서는 인문학이 밥 굶기 알맞은 전공이라는 선입견 탓에 대학 신입생들이 기피한다는 이야기도 들었습니다. 학생들이 슬금 슬금 피하니 인문학의 입지가 점점 줄어들 수밖에 없겠지요. 대학도 시장 논리에서 자유로울 이유가 없다는 몰지각한 이야기를 하는 이들도 있지만, 대학마저 시장에 내놓으면 대학이 학원이 되는 것은 시간 문제입니다.

인문학의 중요성을 지금 이야기한들 무슨 소용이 있겠습니까? 그 대신 유럽에서 나온 철학책 하나를 여러분에게 소개할까 합니다.

1992년, 노르웨이의 고등학교 철학 교사인 요슈타인 가아더는 학생들이 쉽게 읽을 수 있는 서양 철학 이야기를 책으로 내놓았습니다. 쉽고 재미있으면서도 읽는 이의 지적 긴장감을 자극할 수 있는 방법이 없을까 고민하던 가아더는, 소설 형식으로 철학책을 쓰기로 결심했는데, 그 책이 바로《소피의 세계》입니다.

나오자마자 유럽 전역에서 맛있는 빵 팔리듯 하여《소피의 세계》는 2천만 부 이상이라는 판매 기록을 세웠습니다. 학생들 읽으라고 내놓은 책을 남녀노소 할 것 없이 읽겠다고 덤벼드니 작가도 출판사도 모두 놀랐답니다.

거기에다 전 세계 47개 국에서 하루라도 빨리 번역하겠다고 나서 일을 성사시켰지 뭡니까. 요슈타인 가아더는 책 한 권으로 세계적인 작가가 된 것이지요. 유럽에서 한때 '소피 붐'이라는 유행어마저 돌았다니, 이 책의 위력을 짐작할 수도 있겠습니다.

좋은 책은 책으로 끝나지 않더군요. 이 책을 원작으로 한 뮤지컬, 미니시리즈, CD롬 제작이 일사천리로 진행되었습니다. 그러더니 이 책은 인터넷 게임의 컨텐츠로도 사용되었습니다.《소피의 세계》를 지켜보고 있으면 도대체 책 한 권이 어디까지 확장될 수 있는지 짐작이 가질 않습니다.

이제는 더 팔리지 않을 거라 생각할 수도 있지만, 아직도 이 책의 독자들은 전 세계에 잠재되어 있습니다. 판매 부수는 아직도 계속 늘어나고 있으니까요.

이것이 바로 인문학의 힘이고 매력이 아닐까요? 한 소녀에게 끝없이 계속되는 철학적인 질문과 해답으로 이어지는, 그다지 특별할 것도 없는 이 철학 소설책 한 권이 여러 사람 먹여 살리지 않습니까?

인문학을 처음부터 효용성으로 재단하면 가망이 없지만, 인문학을 그냥 살려두면 엄청난 파이가 만들어집니다. 인문학 모두 내팽개치고, 너나없이 돈벌이 되는 학문만 찾아 나서다가는 모두 폭삭 주저앉고 맙니다.

나는 많이 팔리는 책이 무조건 좋은 책이라고 생각하지는 않습니다. 하지만, 《소피의 세계》는 좋은 책이 많이 팔릴 수 있다는 사실을 분명히 알려 주었습니다.

이제는 우리도 그런 컨텐츠를 한번 만들어 봐야지요. 여러분의 뛰어난 감각에 깊이 있는 안목이 더해진다면 이 책보다 더 큰 '대박'을 터뜨릴 수 있습니다.

그러기 위해서는 먼저 《소피의 세계》를 읽는 게 순서가 아닐까요. 이 책을 통해 철학적 사고 능력을 몇 배로 키울 수 있다는 말이야 내가 굳이 하지 않더라도 여러분 모두 이미 알고 있겠지요?

2500년 과학사를 움직인 인물들

과학자란 영웅이나 천재가 아니라 노력하는 인간

사실 빠스뙤르는 소박함과 거룩함이라는 신화로 묘사하기에는 훨씬 더 복잡한 인물이었다. 그의 개인적인 기질은 겸손했지만, 과학활동에서는 강력한 야망의 소유자로 동료들에게 공격적이었고, 스스로를 생명의 가장 깊은 곳에 감춰진 비밀을 밝혀 내는 일종의 근세적 마술사로 생각했다. 심지어 청년 시절에는 자신을 갈릴레오 · 뉴튼 · 라부아지에 같은 과거의 위대한 과학자들과 동일시했고, 결코 자신이 과학자 사회에 속해 있음을 잊지 않았다. 과학자 사회는 자주 개최되는 대규모 국제회의로 널리 알려지면서 점점 더 범국가적인 성격을 띠게 되었다. 이런 많은 일들에 관여했음에도 불구하고 빠스뙤르는 열렬한 애국주의자였다.

《2500년 과학사를 움직인 인물들》218쪽
로이 포터, 조숙경, 창작과비평사, 1999

이름난 과학자들은 혼자 연구실에만 틀어박혀 살았을 것 같습니다. 머리가 너무 좋아 평범한 사람들과는 뭔가 달랐을 것 같기도 합니다. 물론 내가 제대로 알고 있는 과학자도 몇 명 안 되지만 말입니다.

하지만 언제부터인가 과학에 호기심이 자꾸 생겨 이 책 저 책 뒤지곤 합니다. 과학은 사실 우리 생활과 가장 밀접한 연관을 맺고 있는 학문일지도 모르겠습니다. 원리를 찾고자 땀 흘리는 학문이기도 하지요.

《2500년 과학사를 움직인 인물들》은 두 가지 점에서 여러분에게 권할 만한 좋은 책이라고 생각합니다.

하나는 제목에서처럼 2500년 동안의 과학사를 전체적으로 조망하는 가운데 대표적인 과학자들을 분야별로 살펴볼 수 있다는 것입니다. 또 하나는 17인의 과학자들을 당시의 사회와 결부시키고, 인간적인 면모에 초점을 맞추어서 과학자로서의 삶을 압축했다는 점입니다.

나는 과학자를 영웅으로 떠받드는 기존의 시각을 못마땅해했습니다. 하지만 과학자들의 업적과 한계를 각 분야의 전공자들이 쉽고 재미있게 풀어쓴 이 책을 읽으면서, 과학 역시 인간의 학문이라는 생각을 여러 번 했습니다.

필자들이 "인간은 자연을 힘이 아니라 이해를 통해 지배해 왔다. 그것이 마술이 실패한 지점에서 과학이 승리한 이유이다. 마술은 자연에 걸린 주문을 찾아낼 수 없기 때문이다"라는 제이콥 브로노브스끼의 말을 이 책 서두에 인용한 까닭은 그것이 바로 과학에 대한 필자들의 입장을 대변해 주고 있기 때문일 것입니다.

자연을 끊임없이 탐구한 과학자들의 노력이야말로 과학사의 가장 큰 동력이었던 것이지요. 피나는 노력은 저명한 과학자들에게도 예외가 아니었습니다. 내 손으로 새로운 법칙을 한번 찾아보겠다는 야심에 찬 예비 과학자가 여러분 중에 분명히 있기를 바랍니다. 이 책이 그런 의욕을 북돋워 줄 것으로 믿고 권합니다.

건축이야기

읽고 나면 세상이 달라 보일, 인간을 위한 건축 이야기

우리가 의식하건 그렇지 않건, 건축은 모든 사람의 개인사에서 한 부분을 차지한다. 우리는 대개 건물에서 태어나 건물에서 사랑하고 건물에서 죽는다. 또한 건물에서 일하고 건물에서 놀고 건물에서 배우고 가르치며 건물에서 기도한다. 우리는 건물에서 생각하고 건물에서 만들고 건물에서 사고팔고 건물에서 조직하고 건물에서 협상하고 건물에서 범죄를 저지르고 건물에서 발명하고 건물에서 사람을 돌본다. 우리들 대부분은 건물에서 일어나 다른 건물로 가거나 이 건물 저 건물 돌아다니다가 밤이 되면 다시 건물로 돌아와 잠을 잔다.

건물에서 살고 있다는 이유만으로도, 우리는 모두 건축 이야기에 대한 공부를 시작해도 좋을 정도로 충분한 전문 지식을 가지고 있다. 그러나 시작하기에 앞서 염두에 두어야 할 기본적인 사실이 있다. 즉, 건물은 매력적이면서 실용적이어야 한다는 점, 아름다우면서도 쓸모가 있어야 한다는 점이다. 이런 점에서 건축은 다른 예술과 다르고, 판단하기도 어렵다.

《건축이야기》 8쪽

패트릭 넛갠스, 윤길순, 동녘, 2001

우 리는 결국 이 집에서 저 집으로 옮겨 다니다 죽습니다. 집에 있는 시간이 얼마 안 되는 것 같지만, 우리는 집이라는 건물 안에 오래 머물지 않을 뿐입니다. 집에서 나와 또 다른 건물로 갑니다. 오지랖이 넓어서인지 건축에 대해 관심을 가진 지도 꽤 오래되었습니다. 잘 지은 집 보면 꼭 한 바퀴 둘러보고 이것저것 물어보곤 하지요.

내가 생각하는 잘 지은 집은 사람을 생각한 집입니다. 사람의 관계가 단절되지 않는 건물이 훌륭한 건물이고, 그런 집을 설계하고 짓는 사람이 훌륭한 건축가라고 믿습니다.

튼튼하고 보기 좋은 건물도 좋지만, 능률과 편리를 앞세워서 사람을 둔하게 만드는 건물은 딱 질색입니다. 많이 움직이고, 사람과 많이 만나게 되는 건물이 나는 좋습니다.

건축 관련 책을 볼 때도 그냥 유명한 건축물 안내하는 책은 잘 보지 않습니다. 건축을 사회사와 연결시키고 인간의 삶과 함께 고민한 책을 고집하지요. 전공자들만 보는 전문적인 건축 책도 사양합니다. 이것 빼고 저것 빼다 보면 남는 책이 뭐 있냐고 하겠지요. 그래도 세상에 좋은 책은 많이 있습니다.

패트릭 넛갠스의 《건축이야기》를 읽다가 이 책이야말로 내가 찾던 건축 문화사다 싶어 무릎을 쳤습니다.

"몇몇 건물을 자세히 조사해 보면, 로마 인과 그리스 인의 유사성이 얼마나 표면적인 것인지 금방 깨달을 수 있다. 그리스 인이 인간과 우주의 조화를 추구하고 즐겨 추상적인 것을 이야기하며 그들의 세계관을 인간의 가장 순수한 이상만큼이나 완벽한 예술로 표현해 냈다면, 로마 인은 그런 이상적인 것에 신경 쓸 시간이 없었다. 로마 인은 날카로운 논리적 심성을 지닌 강건하고 현실적인 사람들이었으며, 따라서 법률과 공학, 통치술에 뛰어났다. 로마 인이 추구한 조화는 정신적인 것도 천체의 영역에 있는 것도 아니었다. 그것은 바로 본국과 그들이 정복한 영토에서의 조화였다."

저자는 이런 식으로 건축 이야기를 술술 풀어 가며 읽는 사람의 혼을 쏙 빼놓습니다.

이 책은 고대부터 현대까지, 그리고 동서양을 가리지 않고 인간의 삶에 영향을 끼쳤던 건축물들을 쏙쏙 뽑아 이야기를 풀어 나갑니다. 시간과 공간뿐 아니라 건축 기법에 대해서도 열린 시각으로 접근해서, 이 책에는 무려 400여 장의 건물 사진이 나옵니다. 책장 넘기며 사진만 훑어봐도 벌써 건축 기행을 한 바퀴 한 셈이지요.

이 책을 읽고 나면 지금 여러분이 머무는 건물이 그냥 보이지 않을 겁니다. 건축에 대해 한번 눈을 틔워 놓으면 어디 갈 때마다 공부할 거리가 생기지요. 독서는 사람을 부지런하게 만들 뿐 아니라 심심해할 틈을 주지 않습니다. 건축가 지망생이라면 더더욱 읽어 보기 바랍니다. 건축의 매력에 흠뻑 빠지다 보면 어느새 자신의 꿈이 보다 커져 있음을 느낄 것입니다.

성서 이야기

인류 최고의 베스트셀러 성경을 위한 최고의 길잡이

바로 그때, 모세가 손을 높이 들어 수면을 향해 내밀었다. 그것을 기다렸다는 듯이 호수는 만조에서 순식간에 간조로 바뀌기 시작했다. 잠시 뒤 호수 바닥이 드러났다.

해질 무렵이었다. 문득 동쪽에서 강렬한 바람이 불어닥치기 시작했다. 윙윙거리는 바람은 어둠이 짙어짐에 따라 더욱 거세게 휘몰아쳤다. 호수 물은 강풍에 밀려 양쪽으로 갈라졌다. 호수 가운데 한 가닥 길이 만들어진 것이었다.

"건너가라! 건너가라!"

모세가 명령할 틈도 없이 백성들은 자식을 들쳐업고, 노인을 앞세우고, 가축 떼를 끌면서 정신없이 물 가운데 생겨난 길을 건너갔다. 밀고 밀리면서, 비틀거리면서 파도처럼 몰려 나아갔다. 물 가운데 생긴 생명의 길은 순식간에 백성들로 덮였다. 그들이 부르짖는 환성으로 덮였다. 백성들 선두에는 하늘을 태울 듯이 활활 타오르는 불기둥이 서 있었다.

《성서 이야기》 제1권 115쪽
이누카이 미치코, 이원두, 한길사, 1997

서양 문화를 이해하는 데 필수적인 두 가지 축이 있습니다. 그 하나는 헤브라이즘(Hebraism)이고 나머지 하나는 헬레니즘(Hellenism)이지요.

헤브라이즘을 이해하는 데에는 성경이, 헬레니즘을 이해하는 데에는 그리스 신화가 피할 수 없는 통과의례입니다. 그렇다고 해서 너무 어렵게만 생각하지는 마세요. 다행히 성경과 그리스 신화를 보다 쉽고 깊이 있게 이해할 수 있는 책들이 나와 있으니까요.

여기에서 여러분에게 소개하고 싶은 책은 성경을 이야기로 풀어쓴 《성서 이야기》입니다. 이누카이 미치코는 성경 읽기를 골칫거리로 생각하는 이들의 고민을 풀어 주기 위해 구약편과 신약편으로 나누어 《성서 이야기》를 집필했습니다.

성경을 안내한 책은 전 세계에 수도 없이 많지만, 이누카이 미치코 선생의 《성서 이야기》가 성경처럼 읽히고 있지요. 말장난 같지만 사실이 그렇습니다.

저자는 성서에 나타나는 여러 사건들에 대한 설명을 간단하게 덧붙이고 있습니다. 일반인들이 접근하기 쉽도록 하는 배려이지만, 이로써 성경이 엄청난 문화사 자료가 될 수 있다는 사실을 일깨워 주기도 합니다. 이것은 저자 이누카이 미치코가 신학 연구자이자 신앙 생활을 하는 기독교인이면서도 일반인의 시각에서 성경에 접근한 노력의 결과라고 할 수 있습니다.

이누카이 미치코 선생은 성경의 시대적·문화적 배경을 알면 재미를 느끼면서 깊이 있게 읽을 수 있다는 사실을 알고 있었던 겁니다.

인류 최고의 베스트셀러라는 '성경' 읽기에 한번 과감하게 도전해 보지 않겠습니까? 《성서 이야기》가 있으니 걱정할 게 없습니다.

이윤기의 그리스 로마 신화

복잡하고 막막한 신화 세계의 안내자, 이윤기

다프네는 이 기도를 채 끝마치기도 전에 사지가 풀리는 듯한 정체 모를 피로를 느꼈다. 다프네의 그 부드럽던 젖가슴 위로 얇은 나무 껍질이 덮이기 시작했다. 머리카락은 나뭇잎이 되고 팔은 가지가 되기 시작했다. 조금 전까지만 해도 그렇게 힘 있게 달리던 다리는 뿌리가 되고, 얼굴은 이미 우듬지가 되고 있었다. 이제 다프네의 모습은 남아 있지 않았다. 그 눈부신 아름다움만 남아 있을 뿐······.

나무가 되었는데도 불구하고 아폴론은 다프네(월계수)를 사랑했다. 나무 둥치에 손을 댄 아폴론은 갓 덮인 나무 껍질 아래서 콩닥거리는 다프네의 심장 박동을 느낄 수 있었다. 그는 월계수 가지를 다프네의 사지인 듯 끌어안고 나무에 입술을 갖다 대었다. 나무가 되었는데도 다프네는 이 입맞춤에 몸을 웅크렸다.

《이윤기의 그리스 로마 신화》제1권 185쪽

이윤기, 웅진닷컴, 2000

올림픽 메달리스트의 머리에 씌워 주는 월계수 가지는 바로 나무가 된 다프네에 대한 아폴론 신의 애정 표현입니다. "기나긴 개선 행렬이 지나갈 때, 백성들이 소리 높여 개선의 노래를 부를 때 그대는 승리자들과 함께할 것이다"라고 아폴론이 약속했기 때문이지요.

신화는 읽어서 뭐 하나? 혹시 그렇게 물을 사람은 없겠지요. 신화는 신들의 이야기가 결코 아닙니다. 신화는 결국 인간의 기본을 찾아가는 이야기라고 할 수 있습니다. 기본을 알고 나면 응용에는 자신이 있어지는 것 아닙니까? 게다가 그리스 로마 신화를 모르고서는 서양사, 서양 문화를 이해하는 것이 원천적으로 불가능합니다. 왜냐하면 그들 문화의 출발이 바로 그리스 로마 신화에 있거든요.

꼭 읽어야 한다고 해서 책은 펼쳤지만 이름과 지명은 생소하고 이야기는 무슨 뜻인지도 모르겠고, 그래서 결국 그리스 로마 신화를 포기한 친구들이 적지 않으리라 짐작합니다. 물론 이건 내 경험이기도 하지요. 나도 여러 번 도전한 끝에 겨우 성공했습니다.

하지만, 싫어하는 과목 포기한다고 학교 공부 해결되지 않듯이, 그리스 로마 신화도 좋은 선생님 만나 다시 시작해야 한다고 나는 말하고 싶습니다. 이윤기 선생의 《이윤기의 그리스 로마 신화》가 여러분의 든든한 길잡이 노릇을 해 줄 것입니다. 그 어려운 이름과 지명에 얽힌 뜻도 풀이해 주고, 신화의 여러 가지 이야기가 지금 우리 문화 속에서 어떻게 살아 숨쉬고 있는지도 알려 주고 있으니까요.

이윤기 선생은 지금은 신화 전문가로 인정을 받고 많은 독자들이 이 분의 글을 애독하지만, 처음 신화 공부를 시작했을 때 얼마나 막막했을까 생각하면 나는 때로 미안해지기까지 합니다. 모든 분야가 그렇듯 개척자는 몇 배의 고생을 감수해야 하는 법이니까요. 그에 비하면 우리는 얼마나 편하게 신화 공부를 하고 있는지 모릅니다.

그리스 로마 신화는 이윤기 선생이 터를 닦아 놓았으니, 이 책으로 공부하고 난 여러분은 세계 각국의 수많은 신화 연구에 도전해 보면 어떻겠습니까. 《이윤기의 그리스 로마 신화》를 읽어 보면 신화가 너무 재미있어 그런 멋진 포부를 가질 친구들이 반드시 나오리라 믿습니다.

문화의 수수께끼

호기심, 낯선 문화를 이해하는 첫걸음

프레이저 경은 돼지가 "소위 불결하다고 열거된 모든 동물들과 마찬가지로 원래는 신성한 동물이었다. 돼지를 먹지 말라는 이유는 대부분의 동물이 원래는 신성한 동물들이기 때문이었다"라고 주장했던 것이다. 그러나 이 주장은 돼지 혐오의 이유를 밝히는 데 전혀 도움이 되지 못한다. 왜냐하면 양·소·염소도 역시 중동 지방에서 숭배의 대상이 된 적이 있었지만 그런 동물의 고기는 그 지역의 모든 민족들과 종교 집단들에 의해 즐겨 식용되고 있다. 특히 시나이 산 기슭에서는 황금 송아지가 숭배의 대상이 되었던 적이 있는 까닭에 프레이저의 논리에 따르면 히브리 인들에게는 돼지보다 소가 훨씬 더 불결한 동물이 되어야 하는 것이 논리적인지 모른다.

《문화의 수수께끼》47쪽

마빈 해리스, 박종렬, 한길사, 2000

여러분에게 말하기 조금 쑥스럽지만, 나는 음식 칼럼을 매주 썼습니다. 편안하고 맛있는 집 찾아다니며 좋은 사람들과 밥과 술을 함께 하길 좋아하다 보니 어느새 음식 칼럼니스트가 되었습니다.

대단한 일은 아니지만, 글을 쓸 때마다 나는 몇 가지 원칙을 지키려고 노력했습니다. 음식은 문화라는 관점이 그 첫 번째입니다. 음식은 맛이기도 하지만, 문화적 배경이 없는 음식은 없습니다. 그래서 나는 음식과 그 음식에 얽힌 사연을 찾아 내 글을 읽는 독자들에게 알려 주는 것을 음식 칼럼니스트의 임무 아닌 임무라고 생각합니다.

그 임무를 얼마나 성실하게 수행했는지는 독자들의 판단에 따를 일이지만, 칼럼 쓰기가 쉽지 않을 때 찾곤 하던 책이 한 권 있습니다. 바로 마빈 해리스의《문화의 수수께끼》입니다.

　이 책은, 각 민족의 음식 문화와 여러 가지 풍속들을 단순한 현상으로 보아 넘기지 않고 분석 대상으로 삼아 그 이유를 파헤치는 문화인류학의 재미있는 고전입니다. 힌두 교도는 암소를 신성하게 여기고 유대인들은 돼지고기를 싫어하지요. 그것은 단순히 맛이나 선입견 때문이 아닙니다. 그런 습관이 생기게 된 문화적 배경이 있습니다.

　물론 이 질문에 대해 마빈 해리스는《문화의 수수께끼》에서 이미 명쾌한 답을 주었습니다. 복잡한 사연을 풀어 가는 마빈 해리스의 글 솜씨는 시원시원하면서도 날카로워서 읽는 이의 속이 후련해질 정도입니다.

　이 책의 후속편이라고 할 수 있는《음식문화의 수수께끼》를 내가 함께 뒤적거리는 것은 당연한 일이지요. 마빈 해리스처럼 문화의 수수께끼를 풀기 위해서는 각 문화에 대한 공부를 엄청나게 해야 하지만, 그에 앞서 무엇이든 한번쯤 의심하고 궁금하게 여기는 태도가 필요합니다. 호기심이 없으면 수수께끼를 풀 수가 없지요.

　여러분이 내게도 많은 수수께끼를 던져 주기를, 그리고 함께 그 수수께끼를 풀어 갈 수 있기를 바랍니다.

# 중국 사상이란 무엇인가

알 듯 모를 듯한 중국에 가장 정확하게 접근하는 지름길

잡편의 〈열어구(列御寇)〉 편에는 장자의 임종 이야기가 나옵니다.

장자가 위독하게 되자 제자들은 성대한 장례식을 치르고 싶어 했습니다. 그것을 알아차린 장자는, 자신은 하늘과 땅을 관으로 삼고 태양과 달을 장식으로 하며 만물을 장례식의 제수품으로 삼고 있으니 새삼스런 일을 할 필요는 없다고 했다고 합니다. 제자들이 "그러면 까마귀나 솔개에게 파먹힐까 두렵습니다"라고 의견을 말하자, 장자는 "땅 위에 내던져두면 까마귀나 솔개에게 먹히겠지만, 땅속에 파묻으면 벌레나 개미가 뜯어먹는다. 새에게서 뺏어 벌레에게 준다는 것도 불공평하지 않은가" 하고 대답했다고 합니다.

《중국 사상이란 무엇인가》141~2쪽
하치야 구니오, 한예원, 학고재, 1999

중국을 모르는 사람도 없지만 아는 사람도 없습니다. 하지만, 이제 중국을 모르면 여간 곤란해지는 게 아닙니다. 얼마 전 중국에 갔다가 깜짝 놀라고 돌아왔습니다. 1년 전에 갔을 때와는 또 달라져 있더군요.

중국은 24시간 내내 변하고 있다는 말이 사실이었습니다. 북경 거리에 넘치는 엄청난 에너지, 학생들의 빛나는 눈동자와 뜨거운 학구열에 놀랐습니다. 동행한 일행들은 1970~80년대 우리 나라 사람들의 활기와 비슷하다고 했지만, 나는 그보다 더 힘찬 중국의 동력을 느끼고 돌

아왔습니다.

중국을 알기는 알아야겠는데 어디서부터 공부를 해야 할지, 일주일에도 몇십 종씩 쏟아지는 중국 관련 책 가운데 어떤 책을 읽어야 할지 여러분도 혼란스럽겠지요.

나는 먼저 여러분에게 중국 사상사의 큰 줄기부터 파악하라고 권하고 싶습니다. 그러나 중국 사상사를 대충 들여다보면 공자와 맹자를 비롯한 유가 사상부터 노자와 장자의 도가 사상, 여기에 불교 사상과 민간 도교 신앙까지, 끝이 보이지 않아 도저히 엄두가 나지 않을 것입니다.

그렇지만 걱정할 것 없습니다. 일본의 대표적인 중국 전문가 하치야 구니오 선생이 일반인을 위해 쓴 《중국 사상이란 무엇인가》가 있으니까요.

여러분 중에는 지금 중국 사상을 알아서 뭐 하겠냐는 사람이 있을지도 모르겠습니다. 하치야 구니오 선생의 이야기가 그 의문을 풀어 줄 겁니다.

"중국에는, 길고 긴 역사를 비롯하여 일면적인 접근으로는 도저히 파악할 수 없는 복잡한 면이 있으므로, 다양한 시각에서 고려할 필요가 있습니다. 예부터 변하지 않는 중국적 사고방식이나 문화 형태에 대하여 이해하는 것도 불가결하겠지요. 이 책은 그런 점을 염두에 두면서, 전통적인 중국 사상이란 어떠한 것인가에 대하여 나름대로 정리한 것입니다."

즉, 알 듯 모를 듯한 중국에 가장 정확하게 접근할 수 있는 지름길이 이 책 안에 있습니다.

여러분은 앞으로 중국 대륙을 마음대로 뛰어다닐 인재들입니다. 중국을 상대로 어떤 분야에서 일을 하든, 중국 문화에 대한 기본적인 소양이 필요하겠지요.

자기 문화를 잘 알고 있는 외국인을 어느 누가 무심하게 대하겠습니까? 중국 사람들과 만난 자리에서 이백의 시도 읊고, 장자 이야기도 하고, 루쉰 소설로 토론도 벌이면 중국 사람들 눈이 커지지 않을까요?

그런 사람이 중국인에게 하나 팔 물건 두 개 팔고, 물 한 잔이라도 더 대접받게 되어 있습니다. 꼭 그런 것 때문에 이 책을 읽어야 한다는 것은 아니지만, 설령 그렇다고 해도 흉잡힐 일이 전혀 아닙니다.

이제 중국의 핵심 가치를 공부할 때입니다. 여러분이 앞장서 주십시오. 그리고, 중국에 대한 기본기를 탄탄하게 다지고 나서 중국과 상대하십시오. 나는 여러분이 이 책부터 읽었으면 좋겠습니다.

디지털이다

더욱 편리하면서도 더욱 인간적인 디지털 세상을 꿈꾼다

나는 천성적으로 낙관적이다. 그러나 모든 기술, 혹은 과학의 선물은 어두운 면을 갖고 있다. 디지털 세상도 마찬가지다. 이후 10년 동안에 지적 소유권의 남용과 프라이버시의 침해 사례를 많이 보게 될 것이다. 우리는 디지털 문화 파괴주의, 소프트웨어 해적질, 데이터 도둑질 등을 경험할 것이다. 최악의 경우, 완전 자동화 시스템 때문에 수많은 직업이 사라지고 공장이 변형된 것과 마찬가지로 화이트칼라의 작업장도 변할 것이다. 한 직장에서 평생 고용된다는 개념은 이미 사라지기 시작했다.

《디지털이다》215쪽

니콜라스 네그로폰테, 백욱인, 커뮤니케이션북스, 1999(1995)

나는 하루에 세 시간 정도 컴퓨터를 사용합니다. 인터넷으로 신문도 읽고, 이메일도 보내고, 정보 검색도 하지요. 물론 재미있는 게임을 할 때도 있습니다. 아직까지는 핸드폰으로 인터넷을 연결하고, 핸드폰으로 방송을 보고 하는 단계까지는 좀 서투르지만, 10년 전만 해도 내가 이런 도구를 사용할 줄은 꿈에도 몰랐습니다.

그래도 내가 여러분과 비교가 되겠습니까? 디지털 세대인 여러분의 컴퓨터 실력을 볼 때마다 깜짝깜짝 놀랍니다. 여러분이 컴퓨터 다룰 때마다 대단하다는 생각밖에 안 들지만, 여러분이 그걸 아무렇지도 않게 생각해서 더 놀랍니다.

나는 인터넷이, 더 나아가 디지털이 세상을 바꾼다는 말을 믿습니다. 세계를 더 가깝게 하고, 생활을 더 편리하게 만든다는 것을 이미 경험했습니다. 어떤 것에 대해서든 자유롭게 이야기할 수 있고, 인터넷이 아니고서는 이루기 힘든 일들도 많이 해냈습니다.

'디지털 인맥'이라는 말도 디지털의 영향력을 단적으로 드러냅니다. 나는 그것이 기존의 폐쇄적이고 독점적이었던 인맥보다 몇 단계 앞선 것이라고 믿습니다.

하지만, 니콜라스 네그로폰테가 《디지털이다》에서 하고 있는 걱정을 나도 똑같이 합니다. 불행히도 그중 일부는 벌써 현실로 나타났습니다. 문제는, 벌써 일어났거나 앞으로 일어날 이런 엄청난 사태들을 어떻게 대비하고 극복하느냐겠지요.

해결책을 찾기 위해서는, 디지털이란 무엇이고 그것이 인간의 삶에 미치는 영향이 무엇인지 먼저 살펴보아야 하지 않겠습니까? 컴퓨터 잘 다루는 것과는 또 다릅니다. 여러분에게 이 책을 읽으라는 부탁을 간곡하게 드리는 것은 디지털이 우리 미래를 좌지우지할 것이기 때문입니다. 인간관계, 생산구조는 물론이고 선거를 비롯한 정치 시스템에 이르기까지, 앞으로 점점 더 디지털이 주도권을 장악할 것입니다.

남은 문제는 인간이 만든 도구가 인간을 도구화시키지 않도록 해야 한다는 것입니다. 쉽지 않아 보이지만, 여러분이라면 충분히 막아 낼 수 있습니다. 나와 나의 세대는 여러분 옆에서 힘껏 돕겠습니다.

이 책의 저자 역시 여러분과 같은 젊은 세대가 이 책의 독자이기를 간절하게 바랄 것입니다. 인간을 위한 디지털이 세상을 멋지게 바꾸고, 다른 사람을 배려하는 네티즌들이 세상을 확실하게 이끌어 갈 것입니다. 바로 여러분입니다.

시간 박물관

시간에 대한 세계 각국의 이야기와 유물, 그 알짜배기

시간은 우리보다 앞서가고 있는가, 아니면 우리를 뒤따라오고 있는가? 이 질문은 언뜻 실없게 보이지만, 결코 그렇지 않다. 예컨대 오전 6시라고 말할 때 태양은 오른쪽 하늘 어딘가에 떠 있고, 오후 6시라고 말할 때는 왼쪽 하늘 어딘가에 떠 있기 때문이다. 물론 이 기준은 우리가 북쪽을 바라보고 있느냐 남쪽을 바라보고 있느냐, 아니면 떠오르는 태양을 향해 서 있느냐에 따라 달라질 것이다. 그러므로 태양이 떠오를 때 태양을 바라보고 있다고 가정하자. 태양이 하늘을 가로질러 이동하면 과거는 우리 앞에 있고 미래는 우리 뒤에 있다. 그렇다면 우리 문화는 과거가 우리 앞에 있고 미래는 우리 뒤에 있는 것으로 생각한다고 결론지을 수 있을까?

《시간 박물관》 9쪽
움베르토 에코 외, 김석희, 푸른숲, 2000

시간이 왜 이렇게 빨리 가는지 모르겠습니다. 학생운동 시절 감옥에 있을 때에는 하루가 십 년같이 길겠건만, 요즘은 아침에 눈 뜨면 금세 밤입니다. 세월이 덧없다는 말도 자주 떠오르지요.

천하장사도 세계 최고의 갑부도 시간은 되돌릴 수가 없습니다. 인간이 시간을 만들었지만, 만들고 난 이후에는 시간 앞에서 꼼짝도 못 하게 되었습니다.

시간에 관련된 세계 각국의 이야기와 유물들 가운데 알짜배기만 모아 고급스런 책 한 권으로 만든 것이 《시간 박물관》입니다. 정성 들여 만든 멋진 책은 그 자체로 예술품이지요. 거기다 내용마저 꽉꽉 차 있으면 금상첨화입니다. 이 책이 그렇습니다.

물론 책 만드는 기술과 책 내용 중 하나만을 택하라면 나는 망설임 없이 후자를 택할 것입니다. 다만 문고본은 문고본대로 호화 장정본은 호화 장정본대로 그 나름의 멋과 맛이 있다는 것이지요. 책의 내용이 다양하듯 디자인과 제작 형식도 제한이 없어야 한다는 것이 나의 출판 원칙 가운데 하나입니다.

다시 시간 이야기로 돌아올까요? 아침잠을 깨우는 자명종 시계부터 나이 먹는 걸 알려 주는 달력까지, 세상사 모두가 어느 하나 시간 아닌 게 없습니다. 시간이 사람을 바꾸기도 하고, 시간이 세상을 변화시키기도 하지요. 이 세상에 시간 안에 걸려들지 않는 게 없습니다. 시간이라는 개념이 인류 문명사에 어떤 작용을 했는지, 이 책의 옮긴이 김석희 선생이 잘 요약하고 있습니다.

"어느 철학자는 시간을 발견한 것이야말로 인류의 최대 업적이라고 말했습니다. 시간을 발견했다는 것은 과거와 현재와 미래의 존재를 깨달았다는 뜻입니다. 그래서 역사가 생겨났고, 문학이 생겨났고, 철학과 종교가 생겨났습니다. 인류가 만물의 영장이 된 것도 다 역사와 문학과 철학을 통해 문명을 이룩했기 때문입니다. 이를 바꿔 말하면, 인류 문명은 무한히 흐르는 시간을 붙들어, 그것의 기원을 탐구하고, 그것의 경과를 측정하고, 그것의 전개를 묘사하고, 그것의 활동을 체험하고, 마침내 그것의 종말을 상상해 보는 일련의 과정이라고 할 수 있겠습니다."

시간의 발견이 인류 최대의 업적이라는 이 책의 이야기는 틀린 것이 아닙니다. 그래도 나는 여러분에게 이 책을 읽는 동안만큼은 시간을 잊고 느릿느릿 책장을 넘기는 여유를 부려 보라고 권하고 싶습니다.

여러분 나이 때 나는 하루하루가 빨리 지나가 어서 어른이 되고 싶었습니다. 그러나, 어느덧 지나간 시간을 문득문득 뒤돌아보며 이제는 돌아올 수 없는 시절을 그리워하는 나이가 되었습니다.

이 책에도 내 마음을 꿰뚫어 보는 이야기가 나와 있어 이를 읽으면서 가슴이 철렁 내려앉은 적이 있습니다.

내 육신을 아름답게 해 주었던 어린 시절은 지나갔고,
나에게 싱싱한 혈색을 주었던 젊음도 사라졌다.
지금 나는 마침내 원숙한 나이에 이르렀다.
그것은 내 한창 시절이 어떻게 지나갔는지를 말해 준다.
그러니 친구여, 시간은 그렇게 나를 변모시킨다.
나도 한때는 젊었지만, 지금은 보시는 대로다.

다만, 나는 시간에 관한 한 누구에게도 기죽지 않는 게 단 한 가지 있습니다. 시간 약속을 칼같이 지켰고, 지금도 잘 지키고 있는 것. 이것 하나만은 누구 앞에서도 당당하게 말할 수 있습니다.

나의 문화유산 답사기

30년 한 우물 판 끝에 활짝 피어난 문화사의 새 지평

그러나 동백꽃이 지는 모습 자체는 차라리 잔인스럽다. 꽃잎이 흩날리며 시들어 가는 것이 꽃들의 생리겠건만 동백꽃은 송이째 부러지며 쓰러진다. 마치 비정한 칼끝에 목이 베어져 나가는 것만 같다. 1978년 내가 처음으로 동백꽃 지는 것을 보았을 때 나는 이 세상의 허망이 거기 있다고 생각하며, 유신독재의 비호 속에 영화를 누리는 자들의 초상이 바로 저것이라고 생각했다. 비록 그 추잡한 인간들에 비교하기에는 동백꽃이 너무 밝고 고왔지만. 그러나 1981년, 광주의 아픔을 어떻게 새겨야 할지 가늠하기 힘들던 시절, 선운사 뒷산에 버려진 듯 뒹구는 동백꽃 송이들은 마치도 덧없이 쓰러져 간 민중의 넋이 거기 누워 있다는 느낌을 주었다. 자연은 우리에게 이처럼 상황에 따라, 사람에 따라 다르게 다가온다는 것을 나는 그때 알았다.

《나의 문화유산 답사기》제1권 310~1쪽

유홍준, 창작과비평사, 1994(1993)

밝고, 말 잘 하고, 글 잘 쓰는 '문화계'의 슈퍼스타 유홍준 선생. 나는 유홍준 선생과 오랜 친구입니다. 유명한 친구 등에 업혀 무슨 덕을 보려고 하는 말이 아닙니다. 여러분에게 유홍준 선생과의 인연을 이야기하는 이유는 그가 30년 전부터 한국 미술사라는 한 우물을 팠기 때문이지요.

유홍준 선생과의 인연을 잠깐 얘기하겠습니다. 그와 나는 같은 '감옥'에서 '동거'를 했고, 미술 잡지를 만드는 '직장'에서 '한솥밥'을 먹었습니다.

그는 벌써 그때 자신의 전공과 관심사를 분명하게 정했습니다. 그리고 오랜 세월 누가 알아 주든 말든 꾸준히 공부를 계속했습니다. 자기가 좋아하는 일을 열정적으로 할 때 결국은 인정받는다는 것을 유홍준 선생을 통해 나는 다시 한 번 확인했습니다.

무엇보다 문화유산이 그냥 문화유산이 아니라는 사실을 이 책은 알려 줍니다. 이 땅의 역사와 우리네 삶을 문화유산과 함께 생각하는 유홍준의 답사 '가치관'은 문화사의 지평을 새롭게 열었습니다.

1권보다 나은 2권이 없다는 징크스를 완전히 깨뜨리고 《나의 문화유산 답사기》를 3권까지 거뜬히 써낸 유홍준 선생의 저력은, 바로 우리 문화에 대한 애정과 긴 세월 쏟아 부은 열정이 아니었을까 나는 그렇게 생각합니다. 지금 4권을 집필 중인 유홍준 선생의 다음 번 답사기를 나도 기다리고 있습니다.

여러분도 자신이 하고 싶은 일에 확실하게 투자하면 분명히 성공할 거라고 말씀드리고 싶습니다. 저축하고 공부하는 사람 못 당한다는 말은 허풍이 아니더군요. 여러분이 이 책을 읽으면서 우리 문화유산도 답사하고, 자신이 앞으로 활동할 분야도 찾는다면 나는 대만족입니다.

사진과 함께 읽는 삼국유사

아름다운 사진까지 곁들인 문학 향기 그윽한 역사책

월명은 언제나 사천왕사(四天王寺)에 살면서 젓대를 잘 불었다. 한번은 달밤에 젓대를 불면서 대문 앞 행길로 지나가니 달이 이 때문에 운행을 멈추었다. 이로 인하여 그 길을 월명리(月明里)라고 하였으며, 스님도 이 때문에 유명해졌다. 스님은 능준대사(能俊大師)의 제자이다. 신라 사람들은 향가를 숭상한 지가 오래되었는데 대개 시(詩)나 송가(頌歌)와 비슷한 것이었다. 이 때문에 때때로 천지와 귀신을 감동시킨 적이 한두 번이 아니었다.

찬미하는 시에 일렀다.

바람은 종이돈을 날려 죽은 누이의 노자를 삼게 하고
젓대 소리 저 달에 울려 항아(姮娥)의 걸음을 멈추게 하네.
하늘 저쪽 도솔천이 멀다고 하지 말라.
만덕화(萬德花) 한 곡조로 즐겁게 맞으련다.

《사진과 함께 읽는 삼국유사》 429~30쪽
일연, 리상호, 까치글방, 1999

〈삼국유사〉는 역사서이지만, 높은 문학성을 함께 담고 있습니다. 역사와 문학은 물론이고 우리의 언어, 종교, 민속 탐구에는 불가결한 일차적인 자료라고 할 수 있습니다.

그렇다고 해서 〈삼국유사〉가 재미없을 것이라고 단정한다면 그건 좀 곤란합니다. 역사를 기술하는 데 별다른 제약을 받지 않았던 일연 스님은 자유로운 필치로 〈삼국유사〉를 집필하였습니다. 〈삼국유사〉가 정사가 아니라고 무시 당하는 이유도 여기에 있지만, 반대로 이 때문에 역사서로서는 보기 드물게 다양하고 풍부한 문화적 가치를 가지고 있다는 평가를 받을 수도 있는 것입니다. 〈삼국유사〉는 상반된 평가를 받는 이른바 '문제적인' 역사서라고 할 수 있겠습니다.

〈삼국유사〉의 번역본은 너무도 많지만, 내가 여러분에게 권할 책은 북한의 역사 연구가 리상호 선생이 번역한 《사진과 함께 읽는 삼국유사》입니다. 사실적이고 아름다운 다큐멘터리 사진으로 유명한 강운구 선생이 이 작업에 동참하였는데, 〈삼국유사〉 속의 시간을 되살리려 노력한 모습이 사진 안에 고스란히 담겨 있지요.

강운구 선생은 4년에 걸쳐 이 사진들을 찍었다고 하니 고개가 숙여지는 일이 아닐 수 없습니다. 또한 북한 언어와의 이질감을 극복하기 위해 젊은 연구자 조운찬 선생이 교열 작업에 참여한 것도 책의 완성도를 높인 성공 요인 가운데 하나입니다. 나는 통일을 내다보는 노력은 출판을 통해서도 가능하다는 것을 이 책을 통해 발견했습니다.

역사의 기원을 찾아가는 일은 언제나 가슴 설레는 일이지요. 더구나 그것이 우리의 역사라면 말입니다. 그리스 로마 신화에 맞먹는 재미있고 풍부한 이야기들이 〈삼국유사〉 속에 있습니다.

지금까지 귀동냥으로만 듣고 어설프게 알았던 각종 설화를 〈삼국유사〉를 읽으면 제대로 알게 됩니다. 우리 문화를 더욱더 깊이 이해하기 위해서라도 〈삼국유사〉는 누구나 한 번 정도 천천히 읽어야 하는 책이라고 생각합니다. 《사진과 함께 읽는 삼국유사》를 읽으면 〈삼국유사〉를 더욱 깊이 이해하게 되고요.

유목민이 본 세계사

세계화 시대에 더욱 높이 평가받을 도전과 개척의 유목민 정신

유목민은 흐리멍텅해서는 살아갈 수 없다. 격렬한 능력주의·실력주의의 세계이다. 먼저 말을 타지 못하면 쓸모가 없다. 기상과 자연환경의 전반에 걸쳐 민감하지 않으면 안 된다. 가족과 가축에 주의 깊은 눈빛과 동정도 필요하다. 그리고 무엇보다도 계획성, 내구력, 순간의 판단력, 결단성이 필요하다.

집안에의 귀속성과 강렬한 개인의 의식, 일견 모순하는 양면이 개인의 인격 속에 병존한다. 농민도 고통스러우나 목민은 훨씬 더 고통스럽다. "아, 유목민이나 해볼까?"라고는 절대 말하지 말라.

《유목민이 본 세계사》 30쪽

스기야마 마사아키, 이진복, 학민사, 1999

유목민 하면 겨우 목축이나 하면서 정처 없이 떠도는 사람들 정도로 생각할지도 모르지만, 그들은 우리 생각처럼 그렇게 만만한 존재가 아닙니다. 드넓은 중앙 아시아가 유목민의 무대였던 만큼, 그들은 국가라는 이름으로 쉽사리 구속되지 않았던 선 굵은 사람들이었습니다.

세계의 중심이라고 자부하던 중화 세계를 위협했던 흉노도, 인류 최대의 세계 제국을 건설했던 몽골도 모두 유목민이었습니다. 그런데도 우리가 왜 유목민을 우습게 보는지 이 책은 그 이유를 하나하나 분석하고 있습니다. 서구나 중국이 중심이 아닌 유목민의 입장에서 본 세계의 역사는 어떠했는지 궁금하지 않은가요?

역사는 어떤 기준에서 보는가에 따라 내용도 평가도 모두 달라집니다. 정착민의 시각으로 유목민의 역사를 재단한 것이 아니라, 유목민의 입장으로 세계사를 바라본 책《유목민이 본 세계사》는 몽골 연구의 일인자인 교토대학의 스기야마 마사아키 교수가 집필하였습니다.

유목민의 역사는 그야말로 도전과 개척의 연속이었습니다. 그러나 나는 무엇보다 유목민의 빈틈없었던 생활방식을 여러분에게 가장 먼저 알려 주고 싶습니다.

앞에서 발췌한 글을 보면 유목민이야말로 오늘날의 어떤 기업가·정치가보다도 전략적이었고, 어떤 엘리트보다도 앞서 나갔다는 것을 금방 알 수가 있습니다. 자유롭기 위해서는 우선 자기 자신을 혹독하게 훈련시킬 줄 알아야 한다는 교훈도 유목민의 삶을 통해 확인할 수가 있지요.

지역을 초월하여 세계를 연결했던 유목민의 정신은 국경 없는 세계화 시대라는 오늘날 더욱 높이 평가받아야 하는 것이 아닐까요.

지금 스스로의 삶에 자신이 없어 어디론가 떠돌아다니며 자유를 만끽하고 싶다는 유혹에 사로잡힌 친구가 혹 있지는 않은지요? 그렇다면 더욱더 당당하고 자유롭게 떠나기 위해서라도 자기 자신을 점검한 후 유목민이 되는 게 어떻겠습니까.

아Q정전

중국 최고의 지식인이 그린, 부끄럽지만 지울 수 없는 뼈아픈 자화상

"중대가리. 노새……" 아Q는 지금까지 속으로만 욕을 했지 소리를 낸 적이 없었는데, 이번에는 마침 화가 나 있었기 때문에, 그리고 복수를 하고 싶었기 때문에 자기도 모르게 조그맣게 소리를 내 버렸다.

뜻밖에도 그 중대가리는 노란 칠을 한 지팡이—아Q가 말하는 곡상봉(哭喪棒 : 장례 때에 짚는 지팡이)—를 들고 큰 걸음으로 다가왔다. 그 순간 아Q는 아마 때리려는가 보다 하고 온몸을 움츠리고 어깻죽지를 올린 채 기다리자니 과연 딱 하는 소리가 났는데 확실히 자기 머리를 때린 것 같았다.

"저 아이한테 한 말인데!" 아Q는 근방의 한 아이를 가리키며 변명했다.

딱! 딱딱!

아Q의 기억으로 이것은 평생에 두 번째 가는 굴욕이라 해야 할 것 같았다. 다행히 딱딱 소리가 난 뒤에 그는 오히려 일이 완결된 것 같았고 반대로 홀가분한 느낌이 들었으며, 또한 '망각'이라는 조상 대대로 전해 오는 보물이 효력을 나타내었다. 그가 천천히 걸어 술집 문 앞에 도착했을 때에는 벌써 기분이 제법 좋아져 있었다.

《아Q정전》 78~9쪽
루쉰, 전형준, 창작과비평사, 1996

루 쉰은 국비 장학생으로 일본의 의과대학에서 유학 중인 예비 의사였습니다. 학기 중이던 어느 날 그는 아무런 미련 없이 의사의 길을 접었습니다. 러일 전쟁 중 일본인들과 함께 슬라이드를 보다가

그 자리를 박차고 중국으로 돌아온 것입니다. 그리고 펜을 잡았습니다.

도대체 슬라이드의 내용이 무엇이었기에 한 청년의 인생을 뒤바꿔 놓았을까요?

그것은 바로 일본인에게 러시아 스파이라는 누명을 쓰고 참수를 당하는 중국인을 다른 중국 동포들이 구경만 하고 있는 화면이었습니다. 일본인 친구들은 화면 속 중국인들을 사정없이 비웃었지요. 루쉰은 그때의 결심을 훗날 다음과 같이 밝혔습니다.

"아무리 육체적으로 건장하고 강할지라도 무지하고 약한 나라의 사람들은 오직 바보 같은 구경꾼밖에 될 수 없다. 병으로 죽어 가는 것보다 그런 상황이 더 안타까웠다. 그러므로 가장 우선해야 할 과업은 동포들의 정신을 개조하는 일이었다. 그 목적을 달성하는 데 가장 적절한 수단은 문학이라고 생각했다. 그래서 나는 문학 운동을 촉진시키기로 결심한 것이다."

중국 사회에 대한 루쉰의 절박한 심정을 가장 잘 나타내는 작품이 〈아Q정전〉입니다. 여러분 중에는 벌써 읽은 사람도 있겠지요. 날품팔이로 연명하는 아Q라는 인물을 통해 루쉰은 당시 중국 사회와 중국인의 자화상을 생생하게 그려 냈지요. 읽고 있으면 가슴이 뜨끔뜨끔해질 정도로 루쉰의 날카로운 필체가 느껴집니다.

아Q의 일생은 당시 중국 민중들의 모습이기도 했습니다. 아무것도 없이 사람들에게 무시만 받으며 사는 아Q는 오직 옛날에 잘살았다는 기억에만 빠져 만족합니다. 자기보다 강한 사람에게는 고개를 숙이고, 자기보다 약한 사람은 얕보고 무시하면서 살아가는 아Q.

그는 혁명이 일어나자 들떠서 날뛰지요. 이제 자기 세상이 왔다고 좋아하면서 말입니다. 하지만, 아Q를 혁명당원으로 받아 주는 사람은 아무도 없었습니다. 어이없게도 며칠 후 아Q는 좀도둑이라는 이유로 총

살 당합니다.

아Q의 허무한 죽음을 통해 루쉰은, 작품을 발표했던 1923년 당시 중국 민중의 부정적 측면을 꼬집었습니다. 그는 민중을 사랑했지만 한 번도 무작정 두둔하지 않았습니다.

어디 그뿐인가요. 봉건적 지배 계급의 비인간성, 보수적 지식인의 허위의식 또한 어느 것 하나 놓치지 않았습니다.

루쉰은 잊어서는 안 될 것을 쉽게 잊어버리는 것을 '망각' 이라고 했습니다. '망각' 이 중국과 중국인을 위기로 몰아넣는다는 것이지요. 여러분도 잊어야 할 것과 잊지 말아야 할 것, 지켜야 할 것과 버려야 할 것을 이 책을 읽으면서 생각해 보기 바랍니다.

미라보 다리

누구에게나 아름다운 청춘의 추억, 그러나 강물처럼 무심한 세월

미라보 다리

미라보 다리 아래 세느 강이 흐르고
우리들의 사랑도 흘러간다
허나 괴로움에 이어서 오는 기쁨을
나는 또한 기억하고 있나니

밤이여 오라 종은 울려라
세월은 흐르고 나는 여기 있다

⋯⋯

《미라보 다리》 12쪽
아폴리네르, 송재영, 민음사, 1994(1975)

내게도 세느 강을 부러워하던 시절이 있었습니다. 한강 아름다운 줄을 모르고 세느 강만 그리워했지요. 미국이나 유럽 어디에 태어나서 세느 강이나 허드슨 강 바라보며 살고 싶었던 마음이 내게도 없지 않았습니다.

하지만, 아폴리네르가 노래하고자 했던 것은 세느 강 예찬이 아니라는 것을 이제서야 조금 알겠습니다. 나 역시 지금은 한강과 세느 강을 바꾸자고 해도 눈도 깜짝하지 않을 만큼 한강 예찬론자가 되었습니다. 사실 한강만 고집할 필요도 없습니다. 우리 나라에 아름다운 강이 한강만은 아니니까요.

설령 자기 사는 곳에 강이 흐르지 않는다 해도 크게 문제 될 것은 없습니다. 누구 할 것 없이 저마다의 청춘의 강은 있는 법이지요.

강물 흘러가듯 무심하게 지나가는 세월을 붙잡고 싶은 것은 나나 여러분이나 마찬가지일 것입니다. 다만 세월은 그냥 흘러가는 것이 아니라 누구에게든 청춘의 아름다운 기억을 남기게 마련이라, 사람은 항상 지나간 과거를 그리워하는 마음을 가지게 되는 것 같습니다.

너무 감상적인 이야기로 이 시집을 권했다면 이해해 주십시오. "날이 가고 세월이 지나면/ 흘러간 시간도/ 사랑도 돌아오지 않고/ 미라보 다리 아래 세느 강만 흐른다"라는 구절을 읽을 때마다 괴롭고 기뻤던 청춘의 시간들이 영화 필름 돌아가듯 지나가서 감상에 빠지고 마는 나 자신을 스스로도 어쩔 수가 없습니다.

곶감과 수필

달과 별을 보고 친구와 우정을 나누며 내 갈 길을 우직하게 간다

옥류천(玉流泉)의 물소리는 고요하게 흘러가고 있었다. 여기는 서울이 아니다. 고궁도 아니다. 두 사람을 위해서 잠시 베푼 만추의 한 폭이다. 이윽고 금아는 입을 열었다.

"우리가 가을을 앞으로 몇 번이나 더 볼 수가 있을까."

나는,

"앞으로 그리 길지 못한 가을이나마 또 몇 번이나 이렇게 둘이 한가하게 즐길 수 있겠소."

하고 웃었다. 그리고 소동파의 글을 외웠다.

"밤에 달이 밝기에 뒷산 절에 올라갔다. 상인(上人)도 마침 마루에서 달을 보고 있다가 반가워한다. 뜰 앞에 달빛이 고여 바다 같다. 마당가의 대나무 그림자가 어른어른 물에 뜬 마름 같다. 달빛은 어느 때나 있고 대나무 그림자도 어디나 있지만, 이 밤에 우리 둘같이 한가한 사람이 있기가 적다."

이 전편 몇 줄 안 되는 글이지만 나는 세상에서 떠들어대는 〈적벽부〉보다 높이 평가한다.

《곶감과 수필》 60쪽
윤오영, 태학사, 2000

우리는 산문가 혹은 수필가를 제대로 대접하지 않는 야박한 습성이 있습니다. 그럴 만한 문학가가 없으면 모를까, 그렇지도 않은데 평소에는 마음 후한 우리가 왜 그런지 알 수가 없습니다.

그럴 만한 문학가가 누가 있냐고 물어본다면 나는 머뭇거리지 않고 윤오영 선생이 있다고 대답하겠습니다. 나는 수필로 문학 활동을 꾸준히 해 온 윤오영 선생의 글을 찾아 읽는 애독자입니다.

늘 단편적으로 선생의 글을 읽는 것이 답답했는데, 한 출판사에서 '산문선'이라는 기획을 통해 작지만 넉넉하게 윤오영 선생의 수필집을 만들어 기쁜 마음으로 읽고 있습니다.

윤오영 선생은 수필을 '곶감'에 비유해서 인생의 깊이가 담겨 있는 좋은 문장의 중요성을 강조한 바 있습니다. 곶감을 말리듯이 부드러우면서도 단단한 글을 쓸 시간을 견뎌야 한다는 주장이지요.

수필 문학을 정립하기 위해 선생이 기울인 노력은 이론과 작품 두 방면 모두에 걸쳐 확인할 수 있습니다. 그리고 그 이론을 당신의 작품을 통해 그대로 실천했습니다. 서두르거나 욕심을 부리는 것이 인생길을 더욱더 멀리 돌아가게 한다는 사실을 선생은 알고 있었던 것이지요. 묵묵히 자기 일에 최선을 다하면서 선한 마음을 잃지 않는 지조를 한 올씩 실을 엮듯 섬세하고 낮은 목소리로 전해 줍니다.

계절이 그냥 때 되면 돌아오는 것 같지만, 우리가 맞는 그 계절의 정취는 언제나 한 번뿐입니다. 그래도 우리가 사계절 있는 나라에서 사니까 그나마 다행이지요. 달도 보고, 별도 보고, 친구와 우정도 나누면서 자신의 길을 우직하게 가는 것은 참으로 멋있지 않습니까? 그게 뭐가 멋있냐고 생각한다면 윤오영 선생의 수필을 한번 읽어 보십시오.

세계 시민으로 살기 위하여

신화 속으로 떠나는 언어여행

아하, 그렇구나! 그리스 신화에서 나온 재미있는 영어 표현

카드모스는 에우로페를 찾지 못하자 보이오티아(Boeotia : 고대 아테나이의 북서부 지방)라는 지역에 정착하고 테베 시를 건설했다. 거기서 그는 신들의 계시에 따라 자신이 죽인 용의 이빨들을 심었다. 그러자 그것들은 순식간에 무장 군인들로 변했다. 군인들이 그를 죽이려 하자 그는 그중 한 명에게 돌멩이를 던졌다. 돌멩이를 맞은 군인은 자기 동료가 던진 것으로 착각하고 아군에게 칼을 휘둘러 댔다. 곧이어 자기들끼리 뒤엉켜서 싸움을 벌인 끝에 다섯 명만 살아남고 나머지는 모두 죽고 말았다. 살아남은 다섯 명은 카드모스에게 충성을 바쳤으며, 테베 인들의 조상이 되었다.

이 이야기로부터 to sow dragon's teeth라는 표현이 나왔다. 이 구절은 '전쟁이나 문제를 일으키다' 라는 뜻을 가지고 있다. 또 Cadmean victory는 '거의 살아남은 사람이 없을 정도로 전사자가 많은 승리' 를 말한다.

《신화 속으로 떠나는 언어여행》 199쪽
아이작 아시모프, 김대웅, 웅진닷컴, 2002

영어 좀 유창하게 잘 했으면 하는 소망 아닌 소망이 있습니다. 지금도 영어 공부를 조금씩 하고는 있지만, 여간해서 늘지 않는 것이 사실입니다. 모두 다 외우자니 끝도 없고, 이해하자니 문화적 배경이 약합니다.

언어는 사회적인 산물이라 그 문화에 가까이 다가가면 훨씬 친숙해지는 것은 부정하지 못할 사실이지요. 그래서 항상 영어를 서구 문명과

52

연결시킨 책이 없나 부지런히 찾는 편입니다.

과학 소설의 대가이자 20세기를 대표하는 전방위 지식인 아이작 아시모프는 그리스 신화와 영어를 엮어서 우리에게 신나는 여행을 제안합니다. '신화 속으로 떠나는 언어여행 — 아시모프의 재미있는 그리스 신화와 언어이야기'라는 제목은 거짓말이 아닙니다. 읽어 보면 푹 빠지는 재미있는 책이라고 자신 있게 말할 수가 있습니다.

신화도 영어도 모두 만만하지 않은 것들이지요. 그리스 신화와 영어는 사람들이 한 번쯤 접했지만, 제대로 알고 있지 못하다는 공통점도 있습니다.

영어 표현의 상당수가 그리스 신화에 그 기원을 두고 있다는 사실은 서구 문명을 이해하는 데 그리스 신화가 필수적이라는 변함없는 진리를 다시 한 번 입증합니다.

신화 속 주인공들의 이야기가 역사가 되고, 다시 언어가 되어 오늘날까지 이어져 오고 있습니다. 신화 모르고서 서양 사람 만나 깊이 있는 대화가 될 턱이 없습니다.

나는 여러분이 영어를 잘 해서 보다 넓은 세상과 만나기를 바랍니다. 그리고 세계라는 무대에서 활약할 때 영어 때문에 실력을 발휘하지 못하는 일이 없기를 바랍니다.

외국인인 한국 사람이 그리스 신화를 훤하게 알고 있다고 한다면, 그런 여러분을 서양 사람들은 결코 무시하지 못할 겁니다. 우리 신화와 역사에 능통하고, 관용적인 표현을 사용할 줄 아는 외국인에게 여러분은 어떨 것 같습니까. 사람 마음 모두 똑같은 것이지요.

지명으로 보는 세계사

세계 여러 나라와 도시 이름에 숨겨진 사연과 역사는?

1580년, 다시 도시가 재건되었을 때 과거의 이름을 살려 산타 마리아 데 로스 부에노스 아이레스라는 다소 짧아진 이름이 붙여졌다. '좋은 바람을 가져다주는 성모 마리아'라는 뜻이다. 지금은 이 이름을 더욱 줄여 부에노스아이레스(Buenos Aires)라 부른다. 레스토랑에서 술에 취한 항만 노동자가 거기서 일하는 여인을 상대로 춤을 추면서 시작됐다고 하는 아르헨티나 탱고의 발상지이기도 하다.

《지명으로 보는 세계사》 98~9쪽
21세기연구회, 김향, 시공사, 2001

세계사 시간에 배우는 여러 나라의 역사는 흥미롭지만, 도무지 외워지지 않는 각 나라 지명과 인명은 중학교 시절부터 나를 괴롭혀 온 골칫거리 가운데 하나지요.

이 책을 처음 읽었을 때 나는 왜 그렇게 이름 외우기가 힘든지를 알았습니다. 맥락을 모른 채 그저 외우려만 들었으니 세상의 많고도 많은 지명을 제대로 외울 수가 없었던 게 아닌가 싶습니다.

《지명으로 보는 세계사》를 읽으면 각 나라 지명에는 모두 사연이 있다는 걸 알게 됩니다. 각 나라의 역사와 각 언어의 깊은 뜻이 그 안에 담겨 있지요. 고구려라는 이름이 '신성한 나라'를 뜻한다는 사실도 이 책을 통해 알았습니다.

사실 이런 책들을 읽다 보면, 다양한 책을 접하며 청소년기를 보낼 수 있는 여러분이 조금은 부럽습니다. 무작정 외워 가며 공부했던 우리 세대보다 여러분 세대가 더욱더 뛰어날 것이라고 내가 믿는 것도 모두 이유가 있습니다.

그러나 내가 이 책을 읽으면서 그보다 더 부러웠던 것은 바로 이 책의 저자들인 '21세기연구회'라는 집단의 존재입니다. '21세기연구회'는《지명으로 보는 세계사》이외에도《세계의 민족 지도》,《인명으로 보는 세계사》,《상식으로 보는 문화사》등등 쉽고 재미있으면서도 수준 높은 인문학 책들을 집필하는 일본의 연구 집단입니다.

연구자들이 대학 안에만 머물러 있지 않으면서, 크고 작은 여러 문제들을 깊게 파고들어 일반인들을 위해 책으로 내놓는 이 연구회를 나는 정말 높이 평가하고 싶습니다.

어쩌면 일본의 저력은 이렇게 공부하고 책 읽는 문화에 있는 것이 아닐는지요. 그리고 자료를 소중하게 여기고 모아서 활용하는 습관에 있는 것이 아닐는지요. 나는 출판인으로서 항상 일본의 이런 면을 배워야겠다고 다짐합니다.

내가 이런 연구자들의 존재를 부러워한다는 이야기를 여러분에게 굳이 하는 까닭은, 여러분 가운데 이보다 더 훌륭한 연구자들이 숨어 있을 것이라고 믿기 때문입니다. 10년 뒤쯤 나는 눈 밝은 출판인으로, 여러분은 뛰어난 집필가로 만날 수 있었으면 하는 희망을, 이 책을 권하면서 함께 제안합니다.

나는 왜 너가 아니고 나인가

소유의 의미를 다시금 생각하게 해 주는 인디언 추장들의 목소리

당신들의 도시에는 조용한 장소라는 곳이 없다. 봄의 나뭇잎 소리를 듣거나 곤충의 날개가 부스럭거리는 소리를 들을 만한 곳이 없다. 당신들의 도시에서 들리는 소음은 귀를 욕되게 할 뿐이다. 인디언은 물웅덩이 수면으로 내리꽂히는 바람의 부드러운 소리를 좋아한다. 한낮에 비에 씻긴 바람 그 자체의 냄새를 좋아한다. 소나무 향기도 마찬가지다. 얼굴 붉은 사람들에게 공기는 더없이 소중한 것! 동물이든 나무든 사람이든 살아 있는 모든 것들은 똑같은 숨결을 나눠 갖기 때문이다.

《나는 왜 너가 아니고 나인가》 63쪽

류시화, 김영사, 2003

미국을 개척하겠다는 명목으로 총을 들고 찾아온 사람들로부터 인디언 추장은 땅을 팔라는 제의를 받습니다. 하지만 그는 한마디로 딱 잘라 거절합니다. 당신들은 어떻게 땅과 공기 같은 것을 사고팔 수 있는 걸로 생각하느냐고 직격탄을 날리면서요.

속이 시원하면서도 가슴이 뜨끔해지는 말이 아닐 수 없습니다. 우리는 너무도 당연하게 집을 사고팔고, 땅을 사고팔아 왔으니까요. 만약 인디언 추장이 우리가 지금 사는 모습을 보면 고개를 가로저으며 한숨을 쉴지도 모르겠습니다.

평화는 사라지고, 서로에 대한 끝없는 미움과 분노만 세상에 가득한 것은 모두 우리의 잘못입니다. 하나 더 가지려고 발버둥치며 끝도 없이 경쟁하는 데 사람들은 모두 지쳤습니다. 무엇보다 발전이라는 이름으로 자연을 파괴하고 있으니, 이대로 가다가는 우리 지구가 어떻게 될지 아무도 장담 못 합니다.

어떤 사람은 그러겠지요. 지금 인디언처럼 사는 것은 이미 불가능해졌다고 말입니다. 틀린 이야기도 아닙니다. 하지만, 처음으로 돌아갈 수 없다고 해서 가던 길을 끝까지 가야 한다는 법도 없습니다. 옛사람의 지혜를 읽어 배울 것은 배우고 힌트를 얻을 것은 얻어야 하지 않겠습니까?

인생과 자연에 대한 지혜롭고 깊은 안목이 이 책 안에 있습니다. 제목은 또 얼마나 좋습니까. '나는 왜 너가 아니고 나인가.' 이 제목을 볼 때마다 '나'에 대해 생각하면서도 '나'만을 고집하지 않게 됩니다. 수많은 '너'를 떠올리면서도 '너'를 그냥 남으로 생각하지 않게 됩니다.

나는 내 책을 내 본 적도 있고, 남의 책을 만들어 본 적도 많습니다. 그때마다 가장 가슴 아픈 일은 책 만들기 위해 나무를 베어야 한다는 것입니다. 세상의 모든 일은 보이지 않는 희생과 도움 없이는 아무것도 되지 않는가 봅니다. 나무에게 미안한 마음 때문에라도 나쁜 책은 낼 수가 없습니다.

이 글을 쓰고 있는 지금도 마찬가지입니다. 이 글이 정말 누군가에게 필요하고 도움을 주는 것이 못 된다면 책으로 내지 않겠다는 결론을 내리겠지요. 그래서 대충대충 쓰지 말자는 다짐을 더욱 자주 하게 됩니다. 내 욕심은 다른 데 있지 않고 이 책을 통해 여러분과 만나는 데 있으니, 스스로 내 책을 폐기 처분하는 일은 없었으면 좋겠습니다.

내가 여러분에게 두 가지 욕심을 드러내고 말았습니다. 인디언 추장들의 목소리가 담긴 책인 《나는 왜 너가 아니고 나인가》를 여러분이 읽어 주었으면 하는 바람이 그 하나, 내가 보내는 이 편지를 여러분이 받아 주었으면 하는 바람이 또 하나.

그래도 나무에게 미안한 마음은 여전합니다. 인디언 추장에게 부끄러운 마음도 마찬가지이고요.

당시정해

지금도 중국인이라면 누구나 즐겨 암송하는 한시의 꽃, 당시

把酒問月(술잔을 들고 달에게 묻는다)

李白(이백)

靑天有月來幾時	푸른 하늘에 있는 달은 언제부터 왔는가
我今停杯一問之	나는 지금 술잔을 멈추고 한번 물어보노라.
人攀明月不可得	사람은 달을 붙잡고자 하여도 되지 않는데
月行却與人相隨	도리어 달이 사람과 같이 따라 다닌다.
……	……

《당시정해》468쪽

임창순, 소나무, 1999

중국 시의 백미는 뭐니 뭐니 해도 당시(唐詩)가 아닐까요. 그러나 당시는 결코 만만한 것이 아닙니다. 율시(律詩), 절구(絶句), 압운(押韻), 평측(平仄), 대구(對句) 등의 형식부터가 우리에게 낯설은 것이 사실이지요.

한학의 대가인 임창순 선생은 당시를 그냥 번역만 하지 않고, 통석(通釋)과 해설 그리고 감상을 함께 곁들여 당시 이해의 지름길을 열어 놓았습니다. 당시를 번역한 좋은 책은 많이 있지만, 임창순 선생의《당시정해》부터 읽는 것이 순서가 아닌가 나는 생각합니다.

당시에 대한 전체적인 윤곽을 잡기에는 더없이 좋은 책이지요. 호방하면서도 낭만적인 당시들을 하나하나 읽다 보면 중국 문화의 매력도 덩달아 느끼게 됩니다.

중국의 유명 인사들이 공식석상에서 한시를 자주 인용하는 것을 보면 그들 문화에서 시가 얼마나 보편적인가를 알 수가 있습니다. 물론 당시를 읽는 것은 중국 문화에 접근하기 위해서가 아니라 뛰어난 작품성을 감상하기 위해서이지만 말입니다.

《당시정해》에는 여러 시인들의 다양한 좋은 작품들이 실려 있지만, 역시 눈길이 많이 가는 것은 이백(李白)의 시들입니다.

당시의 양대 슈퍼스타 이백과 두보(杜甫)의 시들이 이 책 안에도 큰 비중을 차지하고 있지요. 담담한 두보의 시가 가지는 매력도 만만치 않지만, 거칠 것 없는 이백의 기상에 더욱더 마음이 가는 것이 여러분 나이 때부터 내가 가졌던 당시에 대한 취향이라면 취향입니다.

게다가 이 책을 읽고 마음에 드는 시 몇 수를 줄줄 외우는 멋을 부려 보기도 했었지요. 책 속에는 길만 있는 게 아니라 이렇게 추억도 있습니다.

순례

가장 영국적인 시인이면서 조국에게 버림받은 낭만주의 시인 바이런

추억

모든 것은 끝났다, 꿈에 나타난 대로
미래는 희망에 빛나기를 그치고
행복의 나날은 다하였다.
불행의 찬바람에 얼어
내 인생의 새벽은 구름에 가려졌다.
사랑이여, 희망이여, 기쁨이여, 모두 잘 있거라.
추억이여, 너에게도 잘 있거라 인사할 수 있다면.

《순례》 28쪽

조지 고든 바이런, 황동규, 민음사, 1997(1974)

바이런의 시를 번역한 황동규 시인은 '바이런적 인물'이라는 조금은 생소한 이야기를 했습니다. 그의 말에 따르면 바이런은 가장 영국적인 예술가였던 모양입니다.

우울과 열정, 참회와 방탕을 이리저리 넘나들었던 바이런이 동시대 영국 예술가에게 끼쳤던 영향은 제법 컸다고 알고 있습니다. 자신의 작품보다 행적으로 더 널리 알려졌다는 사실은 시인에게 그렇게 기쁜 일만은 아니겠지만요.

하지만 그것 역시 시와 동떨어져 생각할 수 없는 시인의 일부입니다.

특히 바이런의 삶과 시는 더욱더 그러합니다. 자고 일어나니 유명해졌다는 말의 주인공 바이런은 시인으로 일찍 성공했지만, 그만큼 일찍 추방에 가까운 외유 길을 걸어야 했습니다.

유럽 대륙을 떠돈 것이 여성들과의 애정 행각으로 사회적 평판이 나빠졌기 때문인지, 아니면 노동자들의 자유와 인권을 옹호해서 보수적인 귀족원의 정치적 보복을 받았기 때문인지는 구체적으로 알 수가 없습니다.

다만 그의 시가 걷잡을 수 없이 슬픈 낭만적 성격을 가지고 있는 것이 바이런의 삶과 무관하지 않다는 추측은 해볼 수 있습니다. 슬픔과 기쁨, 아름다움과 그리움을 솔직하게 드러내면서도 위트를 뛰어나게 구사했던 바이런의 시는 진부한 것 같으면서도 새롭습니다. 그것이 바이런의 시적 재능이겠지요.

삼국지연의

누구나 읽었지만 누구도 제대로 읽지 못한 책

장비는 대답도 없이 즉시 갑옷을 입고 장팔사모를 들더니, 말에 뛰어올라 부하 천여 명을 거느리고 북문 바깥으로 달려 나온다.

손건은 놀라고 의아했으나 감히 묻기도 뭣해서, 그냥 장비를 뒤따라 성문을 나왔다.

관운장은 달려오는 장비를 바라보자 기쁨을 참을 수 없어, 주창에게 청룡도를 맡기고 말을 가벼이 달려 나간다.

그러나 장비의 표정은 너무나 뜻밖이었다. 장비는 고리 같은 두 눈을 딱 부릅뜨더니, 범 같은 수염을 곤추세우고 우레와 같이 소리지르며 관운장을 곧장 찌른다.

관운장은 크게 놀라 장비의 장팔사모를 이리저리 피하면서 황망히 외친다.

"아우는 어째서 이러느냐? 옛날에 도원에서 우리가 결의한 일을 잊었는가?"

장비는 벼락같이 꾸짖는다.

"의리 없는 자가 무슨 면목으로 나를 보러 왔느냐!"

"나에게 왜 의리가 없다 하느냐?"

"잔말 말라. 너는 형님을 배반하고 조조에게 들러붙어 높은 벼슬을 하더니, 이제는 나까지 유인하러 왔구나. 나는 오늘 너와 함께 사생결단을 내리라."

"네가 몰라서 그런 소릴 하는 것이다. 변명할 수도 없는 일이니, 여기 두 형수씨에게 아우는 직접 여쭈어 보라."

《삼국지연의》 제3권 134~5쪽
나관중, 김구용, 솔, 2003(2000)

한 다 하는 작가들 손에 옮겨진 〈삼국지〉는 사실 무늬만 삼국지였습니다. 〈삼국지〉의 기본 줄거리에 각 작가들의 해설과 평이 따랐으니까요. 그러니 작가들의 '의도된 〈삼국지〉'는 원래 〈삼국지〉의 맛을 살리지 못한 것입니다.

나도 〈삼국지〉 팬이라서 별별 〈삼국지〉를 다 사서 읽어 봤습니다만, 이거다 하는 〈삼국지〉는 못 만나 늘 답답했습니다.

남녀노소 가릴 것 없이 중국 사람들이 〈삼국지〉라면 끔뻑 넘어가는 까닭을 완역본을 읽지 않고서는 알기가 불가능합니다. 〈삼국지〉의 가치관과 지혜를 완역본 한번 접해 보지 않고서 제대로 알 수 있다는 말을 나는 믿지 않습니다.

〈삼국지〉에서 사람만 좋아 보이는 유비를 나관중이 그토록 전면에 내세운 것은 무슨 이유가 있지 않을까요? 인(仁)과 의(義)를 중시한 원작자 나관중의 의도를 좇다 보면 〈삼국지〉를 보다 잘 이해할 수 있지 않겠습니까?

하지만, 독자들이 〈삼국지〉를 읽고 자기 나름대로 생각할 기회를 우리는 이때까지 가지지 못했습니다. 나는 중학생만 되어도 〈삼국지〉 완역본을 거뜬히 읽고, 자기 생각을 또박또박 말할 수 있다고 봅니다. 평역 〈삼국지〉는 그 다음에 읽어도 늦지 않습니다.

언제쯤 우리는 '순수한 〈삼국지〉'를 읽어 볼 수 있을까 목을 빼고 기다리다 김구용 선생이 20년 공들여 말끔하게 번역한 '정통 완역본'을 만났습니다. 기다린 보람이 있다마다요. 김구용 선생은 한시 하나 빠뜨리지 않고, 원문에 충실하면서도 감칠맛 나는 한글 감각을 살려 놓았습니다.

한글 세대임을 평생 자랑으로 생각했지만 《삼국지연의》를 읽는 순간만큼은 한문 세대의 저력에 고개를 끄덕였습니다. 유장한 문장이 어떤 것인지 온몸으로 느꼈습니다. 〈삼국지〉의 인의는 나관중이 일반 민중들에게 가졌던 애정의 표현이라는 것도 김구용 선생의 《삼국지연의》를 읽고 확신하게 되었습니다.

　중국 문화의 기본 컨텐츠인 〈삼국지〉. 더 미루지 말고 '정통 완역본'으로 한번 읽어 보지 않겠습니까? 여러분은 '강력하게 추천한다'를 '강추'라고 한다면서요?

세계사 편력

어린 딸을 수상으로 키운 아버지의 옥중 편지

해마다 생일이 돌아오면 너는 으레 선물이나 축복을 받기 마련이었지. 축복이라면 지금 당장이라도 얼마든지 해 줄 수 있단다. 하지만 나이니 형무소(Naini Prison)에서 내가 무슨 선물을 해 줄 수 있겠느냐. 나의 선물은 눈에 보이거나 손으로 만질 수 있는 것이 아니란다. 착한 요정이 네게 줄 수 있는 그런 공기나 정신이나 영혼으로 된 어떤 것, 즉 형무소의 높은 담도 가로막을 수 없는 그런 것을 줄 수밖에 없겠구나.

《세계사 편력》제1권 15쪽

자와할랄 네루, 곽복희 외, 일빛, 1999(1995)

네루의 《세계사 편력》을 읽으면서 나는 두 번 울었습니다. 감옥에 있는 막내아들에게 꾸준히 책을 넣어 주시던 부모님 생각에 한 번 울었고, 감옥에 가기 전 막 태어난 딸아이 생각이 나서 또 한 번 울었습니다. 벌써 25년 전의 일입니다. 세월은 흘러서 부모님은 돌아가셨고, 딸아이는 숙녀가 되었습니다.

인도의 독립 운동가인 네루는 1930년 10월 감옥 안에서 열세 살 된 딸에게 편지를 씁니다. 남들은 딸 생일날 선물도 사 주고 놀아 주기도 하는데, 감옥에서 벽만 쳐다보고 있어야 했던 네루는 딸에게 보내는 편지에다 세계사 이야기를 합니다.

브라만 계급 출신에 영국의 명문 대학 케임브리지를 졸업한 네루는,

이런 최고 엘리트 신분을 버리고 자신의 조국 인도를 택했습니다. 영국 제국주의와 죽어라 싸운 독립 운동가 네루는 강인한 사람이었지요.

그렇지만 그는 사랑하는 딸의 생일을 잊지 않는 자상한 아버지이기도 했습니다. 고민 끝에 '형무소' 안에서 줄 수 있는 최고의 선물을 생각해 내서 참고서 한 권 없이 세계사 이야기를 쓴 못 말리는 아버지이기도 하지요.

이렇게 쓰기 시작한 세계사 이야기 편지는 2년에 걸쳐 계속되었는데, 그 편지를 묶은 책이 《세계사 편력》입니다. 네루의 《세계사 편력》이 출간 당시부터 주목을 받았던 것은 바로 서구 중심주의에서 벗어난 네루의 역사관 때문이었습니다.

네루의 해박한 역사 지식도 화젯거리였지만, 그보다는 자유로운 기술 방식과 새로운 역사 해석이 이 책의 이름을 높였습니다. 무엇보다 열세 살 된 딸에게 쓴 편지이니 얼마나 쉽겠습니까? 책을 읽다 보면 마치 네루가 나한테 편지를 보낸 것 같다는 착각에 빠지기도 합니다. 그만큼 이 책을 한번 읽기 시작하면 금방 푹 빠집니다. 그러니 분량이 조금 많다고 부담스러워할 필요가 없습니다.

네루는 자신의 딸이 역사를 아는 것만큼이나 올바른 역사관을 정립하기를 간절히 바랐습니다. 그 어린 딸에게 네루는 로맹 롤랑의 말을 빌려 "행동을 동반하지 않는 사상은 모두가 미숙아이며 변절이다. 만약 우리가 사상의 주인이 되려 한다면 우리는 행동의 주인이 되어야 한다"고 이야기했을 정도니까요.

《세계사 편력》의 저자이자 인도 초대 수상이었던 자와할랄 네루는 1964년에 세상을 떠났고, 편지의 주인공이었던 그의 딸 인디라 간디는 1966년 인도의 세 번째 수상으로 취임했습니다.

역사, 위대한 떨림

소설가가 쓴 역사책, "재미없는 역사책은 모두 물러가라"

우리는 인간이 두 개의 동기, 즉 평화와 번영을 위한 동기와 경쟁과 군사적
승리를 위한 동기를 위해서 산다는 사실을 잊지 말아야 한다. 군사적 모험과
투쟁 속의 승리에 대한 욕구가 만족되면 평화와 확장의 욕구가 나타나며, 이것
은 다시 거꾸로 반복된다. 이것이 생의 법칙이다.

《역사, 위대한 떨림》438쪽
D. H. 로렌스, 정종화, 민음사, 2002

작 가들은 글로 복을 얻기도 하지만, 때로 화를 입기도 합니다.
1910년대의 영국 법원은 로렌스에게 그의 소설 《무지개》의 판
매 금지와 더불어 벌금형을 선고합니다. 지금 읽어 보면 도대체 어디가
외설스럽다는 건지 알 수 없지만, 로렌스는 법원의 판결을 따를 수밖에
없었습니다. 팔아야 할 책은 팔지도 못하고, 벌금까지 내야 할 로렌스
는 당장 내일 먹고살 일이 걱정이었습니다.

이때 옥스퍼드대학 출판부는 로렌스에게 한 가지 제의를 합니다. 돈
은 넉넉하게 줄 테니 학생들이 읽을 재미있는 역사책을 한 권 쓰라고
말이지요. 로렌스는 사실 소설가이기 이전에 해박한 인문학자이자 칼
럼니스트이기도 했으니까요.

능력 있는 출판 기획자는 이때를 놓칠세라 얼른 로렌스를 찾아갔을
겁니다. 로렌스는 생존을 위해서도 분풀이를 위해서도 펜을 잡았을 테

고 말입니다. 작가는 결국 펜으로 승부하는 것이니까요.

1918년에 로렌스가 쓴 유럽 역사 이야기책은 빵 팔리듯 잘 팔렸다고 하는군요. 하지만, 로렌스는 이 책의 저자란에 '로렌스 H. 데이비슨'이라는 가명을 적어 놓습니다. 작가로서 그의 자존심을 다시 한 번 확인할 수 있는 대목이지요.

곡절이 있다면 있는 이 책은, 집필까지의 숨겨진 이야기 때문이 아니라 박진감 넘치는 이야기 전개로 독자를 사로잡는 재미있는 역사책입니다. 역시 소설가는 다르다는 말이 저절로 나오는 책이지요. 로렌스는 로마 시대부터 프로이센에 의한 독일 통일 시대까지 유럽에서 있었던 굵직굵직한 사건들을 이전의 역사책과는 전혀 다른 방식으로 기술해 놓았습니다.

이 때문에 로렌스의 《역사, 위대한 떨림》은 지나치게 대중적이며 역사서로서 고증이 약하다는 지적도 받았습니다. 나 역시 로렌스의 역사 인식에 모두 동의하는 것은 결코 아닙니다. 로렌스가 훈 족을 폄하하는 부분을 읽다가는 잠시 책을 덮은 적도 있으니까요.

그럼에도 불구하고 내가 여러분에게 이 책을 권하는 까닭은, 로렌스가 역사의 결과가 아닌 역사의 과정을 날카로운 안목으로 파고들었기 때문입니다. 사건만 줄줄이 나열하는 기존의 역사책 때문에 역사책이라면 고개를 흔드는 사람에게는 더욱 이 책을 권하고 싶습니다. 뭐가 그렇게 재미있을까? 이렇게 생각하는 사람이라면 더더욱 이 책을 읽어 보십시오. 책임지고 말씀드리지만, 이 책은 정말 재미있습니다.

한편으로 이런 생각도 듭니다. 로렌스는 당대의 역사가에게 이런 말을 하고 싶었던 것이 아닐까요?

"재미없는 역사책은 모두 물러가라!"

나를 운디드니에 묻어주오

교만과 무지와 이기심으로 가득 찬 백인들의 무자비한 인디언 학살사

나는 당신들이 산 가까운 주거지역에 우리를 정착시키려 한다는 소식을 들었다. 나는 한자리에 머물고 싶지 않다. 나는 초원을 떠돌아다니고 싶다. 그곳에 있으면 나는 자유롭고 행복하다. 그러나 한자리에 있게 되면 우리는 창백해져 죽어 버린다. 나는 내 창과 활 그리고 방패를 내려놓았지만 당신들 앞에서 안전한 느낌을 가진다. 나는 사실을 말했다. 나는 나에 관해 숨긴 거짓말이 없지만 백인 대표들은 어떤지 모르겠다. 그들도 나처럼 속이 훤히 보이는가? 오래 전에 이 땅은 우리 아버지들의 땅이었다. 그러나 강에 가 보면 강둑에 미군들의 진지가 있는 것을 보게 된다. 미군은 내 나무를 자르고 내 들소를 죽이고 있다. 그런 것을 볼 때마다 내 가슴은 터질 것 같다.

《나를 운디드니에 묻어주오》391~2쪽

디 브라운, 최준석, 나무심는사람, 2002

미국이 전 세계를 휘어잡고 있다는 것은, 기분은 나쁘지만 사실입니다. 자유와 평화를 외치는 미국이 인디언들을 몰아내고 땅을 차지했다는 사실은 더욱더 불쾌합니다.

그런데 백인들이 어떻게 미국 땅에 들어왔고, 인디언들을 어떻게 멸망시켰는지에 대해서는 우리가 제대로 알지 못합니다.

디 브라운은 수년 간에 걸쳐 인디언들의 구술을 토대로 '미국 인디언 멸망사'를 집필했습니다. 그 책이 바로 《나를 운디드니에 묻어주오》입니다. 《나를 운디드니에 묻어주오》는 발간되자마자 미국에서 수많은 독자들의 사랑을 받은 베스트셀러가 되었습니다. 이것도 참으로 아이러니한 일이지요. 그러나 미국 국민 개개인에게 무슨 죄가 있는 것은 아니니 이걸 문제 삼고 싶은 생각은 조금도 없습니다.

미국뿐 아니라 전 세계 양심적인 지식인들의 애독서였던 《나를 운디드니에 묻어주오》는, 내가 번역되기를 손꼽아 기다리던 책 중의 하나입니다.

서구 문명과 총을 양손에 들고 자신들의 땅에 들어온 백인들, 질 것이 뻔한 그들과의 싸움을 처절하게 벌였던 인디언들의 이야기를 읽다보면 가슴이 아프다고밖에는 할 말이 없습니다. 서부 영화를 보면서 카우보이를 멋있어하던 어린 시절을 뼈저리게 반성하기도 했지요.

자연과 함께 평화롭고 순박하게 살아가던 인디언들을 몰아낸 것은 인류사에서 잊혀질 수 없는 부끄러운 역사입니다. 그러나 또 하나 놀라운 것은 죽음과 멸망을 바로 눈앞에 둔 그 순간에도 인디언들이 여유와 따뜻함을 잃지 않았다는 사실이지요.

백인들의 총구 앞에서 어쩔 수 없이 목숨과 터전을 내주기는 했지만, 그들이야말로 정작 큰 부자였습니다.

땅을 사고팔 일도, 서로 경쟁하고 미워할 일도, 개척을 할 일도 없었던 인디언의 삶에서 배울 교훈은 하나 둘이 아닐 것입니다. 이 책을 통해 그 교훈의 일부를 여러분과 함께 찾아나가고 싶습니다. 앞으로 농담으로라도 인디언을 촌스럽다고 말하지 않기로 굳게 다짐합시다.

이야기 미국사

밉든 곱든 모르고는 살 수 없는 미국, 그 역사가 궁금하다

모든 사람은 법률을 준수하고 공동의 복지를 위하여 일해야 한다. 다수의 의사는 모든 경우 존중되나 반드시 정당하고 합법적이어야 하고, 소수도 같은 법률로써 보호를 받을 수 있는 균등한 권리를 갖는다.

《이야기 미국사》168~9쪽

이구만, 청아출판사, 2003(1993)

17 76년 미국 독립 선언문을 기초했고 미국의 3대 대통령을 지낸 토머스 제퍼슨. 그는 미국의 민주주의를 최초로 발전시킨 인물로 평가받습니다.

인용한 글은 1800년 토머스 제퍼슨의 미국 대통령 취임사 가운데 일부분입니다. 대통령 취임사치고 멋있지 않은 것이 없지만, 200여 년 전 미국 대통령의 취임사는 지금 봐도 딱 부러지는 글입니다.

토머스 제퍼슨이 이 취임사를 읽으며 대통령 선서를 한 지 200년 후, 미국은 위풍당당한 세계 강대국이 되었습니다. 미국과 상관없는 나라는 지구상에 없다고 해도 과언이 아니니까요. 미국은 자유와 기회의 나라로 칭송되기도 하고, 신제국주의 국가라는 비판을 받기도 합니다. 양쪽 모두 틀린 말이 아니지요. 극단적인 성격이 공존하는 나라가 미국이고, 그것이 미국의 힘이라는 분석은 그래서 타당성이 있습니다.

나는 여러분에게 미국을 좋아하는지 싫어하는지, 또 어떻게 생각하는지 묻기 전에, 전체적인 미국사를 다룬 책을 읽으라는 말을 하고 싶습니다. 미국에 대한 이야기는 무성하지만, 막상 미국사 책은 없다는 것도 잘 알고 있습니다. 그래도 한 권도 없는 것은 아니더군요.

쉬우면서도 큰 줄기를 잘 잡고 있는 《이야기 미국사》가 있습니다. 재미있고 간략한 서술이 이 책의 장점이라는 것도 덧붙여 말하고 싶습니다. 미국은 어떻게 세워진 나라이며, 200년 만에 어떻게 세계 최강대국이 되었는지 궁금하지 않습니까? 대공황으로 쫄딱 망할 뻔했던 나라가 어떻게 일어섰는지도 알고 싶겠지요?

교과서에 나오는 한 줄짜리 답 말고도 궁금한 것은 많을 겁니다. 궁금한 걸 참으면 병이 됩니다. 이 책이 여러분의 궁금증을 대부분 풀어 줄 거라고 나는 믿습니다.

그런데, 내가 왜 제퍼슨의 취임사 이야기를 꺼냈는지 의아해할지도 모르겠습니다. 200여 년 전 제퍼슨의 취임사에서 "소수도 같은 법률로써 보호를 받을 수 있는 균등한 권리를 갖는다"는 부분만은 여러분과 한번 짚고 넘어가고 싶기 때문입니다.

한창 월드컵의 열기에 사람들이 빠져 있던 2002년 6월, 효순이와 미선이 두 여중생이 미군 장갑차에 깔려 죽었습니다. 그런데 우리는 아직 미국으로부터 변변한 사과 하나 못 받았습니다.

많은 국민들이 촛불을 들고 두 소녀의 억울한 죽음을 추모했지만, 그 자리에는 미국 사람 하나 없었습니다. 우리는 추모하면서 동시에 항의했고, 우리 경찰들이 그것을 막았습니다. 경찰들을 욕하자는 게 절대 아닙니다. 우리끼리 맞서야 하도록 만든 미국은 어쩌면 제퍼슨의 취임사를 모르거나 잊고 있는 것이 아닐까요?

한국의 두 소녀는 죽어서도 아무런 '보호'를 받을 수 없는 것인지 제퍼슨에게 묻고 싶습니다.

로마제국 쇠망사

이 책을 읽고 '노블리스 오블리제'만이라도 깨달을 수 있다면……

사회의 평온을 교란시키는 대부분의 범죄는 많은 사람이 탐내는 재산을 소수에게 한정시키는 불평등한 재산법상의 제약 때문에 야기되는 것이다. 인간의 모든 열정과 욕구 중에서 권력욕이 가장 절박하고 비사회적인 이유는, 한 사람의 자존심이 다수의 복종을 요구하기 때문이다. 사회적인 혼란이 일어나면 사회의 법은 힘을 잃고 인간성의 법도 도움이 안 된다. 격렬한 경쟁심, 승리의 자만심, 성공에의 절망, 과거의 상처받은 기억, 미래의 위험에 대한 공포 등이 모든 것이 인심을 선동하고 동정의 목소리를 잠재웠다. 이 모든 것이 동기가 되어 역사는 시민들의 피로 얼룩지게 되었다.

《로마제국 쇠망사》 111쪽
에드워드 기번, 황건, 까치글방, 1999(1991)

시 오노 나나미의 《로마인 이야기》도 좋은 책입니다. 하지만, 나는 《로마제국 쇠망사》를 여러분에게 먼저 권하고 싶습니다. 로마 제국이 어쩌다 쇠퇴하고 망했는지를 이토록 긴 호흡으로 써 내려간 역사서는 없기 때문입니다.

방대한 자료와 철저한 고증, 치밀한 연구와 냉정한 시각을 유지한 이 책은 안타깝게도 우리 나라에서 별다른 반응을 얻지 못했습니다.

하지만, 아는 사람은 안다고 조금이라도 읽어 본 사람은 모두 기번의 《로마제국 쇠망사》 칭찬을 침이 마르도록 합니다. 한번은 이 책 가지고 젊은 친구 두 사람과 밤새도록 토론을 한 적도 있습니다. 그날 이야기의 주된 내용은 바로 '가진 자의 의무' 였습니다. '노블리스 오블리제'라고도 하지요.

상류층이 혜택만 받고 그들이 지켜야 할 의무를 저버릴 때 그 사회는 구성원 상호 간의 신뢰를 잃기 시작한다는 이야기를 날 새는 줄 모르고 했습니다. 물론 이 책에 나오는 내용을 바탕으로 말입니다.

상대적인 소외감과 박탈감을 강하게 느낀 민중들은 위정자에게서 등을 돌릴 수밖에 없습니다. 불신과 증오는 나라를 지옥으로 만드는 지름길이지요. 이 책에도 분명하게 나오지 않습니까?

에드워드 기번의 칼칼한 음성을 한번 들어 보세요. 국가뿐만 아니라 사람도 아차 하는 순간에 무너지기 쉽습니다. 천년만년 갈 것 같던 로마 제국도 폭삭 주저앉았는걸요.

이 책에 흠이 있다면 분량이 너무 많다는 것입니다. 그러나, 가려운 곳을 긁어 주듯이 까치글방에서 데로 손더스가 발췌 · 편집한 책의 번역판을 내놓았습니다.

이런 기회를 놓칠 수야 있습니까? 흥미진진한 재미, 알짜배기 지혜, 세상을 보는 안목을 얻을 수 있는 역사책 읽기의 보람을 《로마제국 쇠망사》를 통해 느껴 봅시다.

이슬람문명

이슬람 연구의 1인자 '간첩' 학자가 쓴 매력 넘치는 이슬람 이야기

그러나 성선설에 입각한 이슬람 교는 인생을 달리 본다. 한마디로 인생을 낙천적으로, 관용적으로 본다. 이슬람의 인생관은 교조 무함마드의 언행을 기록한 《하디스》 여러 곳에 뚜렷이 나타나고 있다. "인간은 순수 결백하게 태어난다." "불행과 시련은 모두 자신의 과오 때문이 아닌 것이 없다. 그러나 알라는 이러한 과오를 다 용서한다." "선행(善行)은 신앙의 반(半)이다." "오래 살고 좋은 일을 많이 한 사람이 최상(最上)의 인간이다." "좋은 일을 하는 자, 오래 삶으로써 좋은 일을 더욱 많이 할 수 있을 것이니 죽음을 원하지 말라. 범죄자도 죽음을 원하지 말라. 그것은 오래 삶으로써 회개하여 알라의 용서를 받을 길이 있을 수 있기 때문에 (…) 진실로 신자는 오래 살수록 좋은 일을 많이 한다."

《이슬람문명》 124~5쪽
정수일, 창작과비평사, 2002

어쩌면 여러분 중에는 이슬람을 이상하고 수상한 세계로 생각하는 사람도 있을 테지요. 세상에서 제일 무서운 사람은 한 권의 책만 읽고, 하나의 지식만 믿는 사람입니다. 이슬람 하면 이슬람 교만 떠올리는 우리네 습성도 이제 바꿀 때가 되었습니다. 하지만, 여러분 탓은 아닙니다. 공 던지듯 누구 탓을 할 것도 아니고 말입니다.

이슬람을 제대로 알고 싶어도 마땅한 책이 없다고 걱정할 필요는 없습니다. 종교로서의 이슬람과 문명으로서의 이슬람이 분명히 다르다는

76

것을 정수일 선생의《이슬람문명》을 보면 금세 알 수 있으니까요. 그뿐이 아닙니다. 13억 인구, 1400년 역사의 이슬람이 매력 덩어리라는 사실에도 고개를 끄덕이게 될 겁니다.

말이 나왔으니 말이지만, 우리의 학문은 영양 결핍의 정도가 너무 심합니다. 유럽이나 미국 전문가는 셀 수 없이 많지만, 이슬람이며 아프리카, 남미 전문가는 몇이나 되는지 모르겠습니다. 몇 년 사이에 사정이 좀 달라지는 것도 같지만, 지역 전문가가 턱없이 부족한 것은 인정해야 할 일입니다.

이런 차에 이슬람 연구의 일인자인 정수일 선생이 일반인을 위한 이슬람 개론서를 내놓았습니다. 반가운 마음이야 굳이 말해 뭐 하겠습니까? 책에 실린 글이《신동아》에 연재될 때부터 나는 애독자였으니까요. 그중에서도 이슬람의 인생관을 볼 때마다 그들의 지혜에 감탄 또 감탄합니다.

착한 일을 많이 하면서 인생의 아름다움을 오래오래 즐기고, 헛된 죽음을 피하라는 이슬람의 '원리'는 꽤 괜찮지 않습니까? 철저하게 현실적인 것 같으면서도 현실에서 지켜야 할 덕목들을 명확하게 제시하고 있는 무함마드의 이야기는 종교와 상관없이 귀 기울일 만하다고 생각합니다.

'개똥 밭에 굴러도 이승이 낫다'는 말로 고단한 현실을 가뿐하게 이겨 냈던 우리 조상들과도 뭔가 통하는 게 있을 듯싶습니다. 그렇다고 누가 위고 누가 아래다 그걸 따질 필요는 없습니다. 같으면 반갑고, 다르면 신기할 뿐입니다. 다른 것은 틀린 것도 열등한 것도 아니니까요.

내가 이슬람 교 신자는 아니지만, 무함마드 흉내를 조금 내 봐도 괜찮겠습니까? '오래오래 살아서 언젠가 우리 모두 만납시다.'

이희수 교수의 세계문화기행

이슬람 문화, 아름다운 문화유산과 그 못지않은 인간의 삶

석양이 에게 해 수평선에 걸리면 수만 개의 사원에서 일제히 '아잔'이라는 은은한 코란 소리가 터키 전역에 울려 퍼진다. 하루를 마치는 의식이리라. 동시에 이 소리는 화려한 밤의 세계가 열리는 신호이기도 하다. 가정을 소중히 여기는 터키 인들은 일찌감치 가족의 품으로 돌아가고, 풍류를 아는 이방인들은 무희들의 요염한 밸리 댄스에 토착 위스키인 '라크'를 즐기며 저마다 술탄이 된다. 이처럼 터키는 유럽과 아시아, 과거와 현재, 낮과 밤이 이어져 하나가 되는 인류 역사의 살아 있는 희망으로 남아 있다.

《이희수 교수의 세계문화기행》22~3쪽

이희수, 일빛, 2003(1999)

20 02년 월드컵의 성과 가운데 하나는 터키와 친해졌다는 것입니다. 사실 우리는 터키를 몰라도 너무 몰랐지요. 우리와는 많이 닮고 또 서로를 편안해하는 사이인데도 말입니다. 유럽이나 미국, 일본이나 중국에 먼저 가기 바빠서 전 세계 곳곳에 멋진 나라가 있다는 사실에 조금은 무심했습니다.

우리가 잘 모르거나 오해하고 있는 이슬람 문명과 소수민족에 관해 제대로 알리기 위해 꾸준히 애쓰는 분이 있습니다. 터키 인이라고 해도 별로 이상할 것 없는 터키 전문가 이희수 선생입니다.

이분이 터키를 비롯해서 지중해 인근, 이집트, 중동, 중남미, 동남 아시아, 중앙 아시아 등 각 문명권을 구석구석 여행한 경험을 묶어 아름다운 책으로 만들었습니다. 알려지지 않은 것들 중에 뛰어나고 아름다운 문화유산이 많다는 사실은 우리의 마음을 조급하게 만듭니다. 볼 것도, 배워야 할 것도, 찾아다닐 곳도 끝이 없지요.

이희수 선생이 사우디아라비아의 한 오아시스에서 한국인의 흔적을 발견했을 땐 내가 왜 그렇게 반갑던지요. 세상은 넓고 끝이 없지만, 우리는 결국 어디에선가 만날 수 있다는 가능성을 느낄 수가 있었습니다.

유네스코 지정 세계 문화유산도 좋고, 여행사 코스에 빠지지 않는 관광지도 모두 좋습니다. 하지만, 세상에는 그에 못지않은 아름다운 문화유산이 많다는 사실을 이 책을 통해 여러분도 느꼈으면 좋겠습니다.

어떤 문화유산보다 저마다의 자리에서 최선을 다해 살아가는 사람들의 모습이 아름답다는 것도 이 책은 놓치지 않고 보여 줍니다. 위대한 문화유산 앞에서 인간은 초라해지지만, 그것도 모두 앞서 간 사람들의 손길이 있었기에 가능했습니다.

쉽지는 않겠지만, 여러분 가운데 여행을 좋아하는 친구들과 터키 어디쯤에서 마주친다면 참으로 좋겠습니다.

타고르 기탄잘리

행동하는 지식인의 고요한 명상과도 같은 평화로움

나는 이 세상의 축제에 오라는 초대를 받았습니다. 그리하여 내 삶은 축복을 받았지요. 눈으로는 보았고 또한 귀로는 들어 온 것입니다.

이 잔치에선 악기를 타는 일이 내 구실이었기에, 나는 할 수 있는 최선을 다 했지요.

이제, 나는 묻노니, 내 들어가 님의 얼굴을 뵈어도 좋은 때, 그리고 님에게 말없는 인사를 드려도 좋은 때가 드디어 왔는지요?

《타고르 기탄잘리》 36쪽

타고르, 박희진, 현암사, 2002

타 고르는 우리와는 익숙한 인도의 대시인입니다. 한용운 시인을 '한국의 타고르'라고 하는 걸 보면 타고르에 대한 우리의 마음은 매우 호의적인 것이 틀림없습니다.

실제로 타고르는 1922년 동아일보에 〈동방의 등불〉이라는 시를 기고할 만큼 한국에 대해 큰 관심을 보였습니다. 그는 이 시 끝에다 한국을 '내 마음의 조국'이라고 밝혔을 정도니까요. 노벨 상이 절대적인 기준은 아니지만, 그가 아시아 인 최초로 노벨 문학상을 수상한 것도 의미 있는 일이라고 생각합니다.

타고르는 시인이면서 소설가·극작가였고, 음악가이자 화가였고, 교육자이자 사상가이기도 했습니다. 타고르는 젊은 시절 농촌 개혁에 참

여하기도 했고, 벵골 분할 반대 투쟁 때에는 벵골 스와라지 운동의 이념적 지도자의 역할을 맡기도 했습니다. 그는 현실과의 긴장을 늦추지 않았고, 행동하는 지식인의 길을 거부하지 않았습니다.

그러나 그의 시는 매우 고요하고 단아합니다. 침묵이 어떤 외침보다도 우렁찰 수 있다는 것을 타고르는 자신의 시를 통해 입증했습니다. 그의 시는 절대자에 대한 경외, 영원에 대한 추구, 맑고 순수한 사랑에 대한 찬양, 동양 문화의 정신적인 아름다움을 한 폭의 수채화처럼 나타냈지요.

현대적이라는 서구의 작가들도 타고르의 맑은 시 세계에 매료되었다는 사실을 자랑하듯 말했었지요. 예이츠 같은 시인은 타고르의 작품을 인도 전체의 영혼과 견주기도 했습니다.

명상은 종교를 통해서만 할 수 있는 것이 아닙니다. 나는 타고르의 시를 읽을 때마다 마음의 평화를 얻습니다. 그리고 사랑과 관심이 자신을 바꾸고, 세상을 바꿀 수 있는 원동력이 된다는 사실을 되새깁니다. 평화는 상호 존중에서 시작되는 것이니까요.

고요한 것은 가라앉아 있는 것이 아닙니다. 타고르의 시는 내면의 깊이를 응시할 줄 아는 사람만이 삶의 본질에 다가설 수 있다는 것을 스스로 깨닫게 합니다. 그러니 내가 여러분에게 타고르의 시를 권하지 않을 수 있겠습니까.

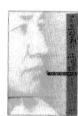

나는 오랑캐가 그립다

우리 조상의 도전 정신, 오랑캐의 힘찬 에너지를 되찾자

오랑캐의 힘, 어떠한 난관도 뚫어 내는 정신의 힘, 지금은 한반도 어느 곳에서도 찾아보기 힘든 그 원시의 생명력을 나는 오늘도 아쉬워한다. 우리들 머리 위를 거친 물줄기로 흘러 다니는 미국, 중국, 일본의 힘을 뚫고 살아남을 수 있는 것은 무엇에도 꺾이지 않는 살아 있는 존재로서의 '오랑캐의 힘'이다. 그러나 이 '오랑캐의 힘'은 우리의 역사 어느 페이지를 펼쳐 보아도 찾아보기 힘든 에너지다.

자신감과 능력의 원천이 되는 이 '오랑캐의 힘'이 없기에 우리는 우리들이 겪는 문제에 대해 언제나 당당하지 못하다. 분명하고 반듯한 자신만의 대안을 제시하지 못한다.

어떻게 해서든지 현상을 호도하고 왜곡하고 미화하여 대국 앞에서 '민족'의 체면을 망가뜨리지 않으려고 안간힘을 쓴다. 또 실수를 인정하고 새로운 대안을 찾기보다는 그저 논리적 허점이나 개인적 약점 따위를 잡아내 판 자체를 깨 버리려는, 조선 시대로부터 전수된 수법을 여전히 애용하고 있다.

《나는 오랑캐가 그립다》165쪽
김경일, 바다출판사, 2001

몇 년 전,《공자가 죽어야 나라가 산다》라는 책 한 권으로 온 나라를 발칵 뒤집었던 김경일 선생이 '오랑캐'로 다시 돌아왔습니다. 나는 '오랑캐'라는 수준 낮은(?) 말로 이렇게 우리 민족의 큰 장점을 찾아낸 책을 지금까지 한 번도 본 적이 없습니다.

땅덩어리 작고, 강대국들한테 치여 온 탓인지 우리는 늘 기를 못 펴고 살아왔습니다. 하지만, 김경일 선생의 이 책을 읽고 나니 우리 조상들이 그렇게 소심하고 무능한 사람들이 아니었더군요. 땅만 작았지 사방팔방 돌아다니지 않으면 몸이 근질근질했던 사람들이었습니다.

　하지만, 언제부터인가 자리보존하고 새가슴으로 살아야 점잖다는 인식이 파다하게 퍼지는 통에 사람들이 변했습니다. 오랑캐의 힘찬 에너지를 잃어버렸으니 신명이 날 턱이 없지요. 기운 없는 사람한테는 기회도 가능성도 사라지게 마련입니다.

　세상 어디에 내놔도 끄덕 없는 문화적 유연성, 사막에도 진출한다는 도전 정신이 사라진 우리 나라는 생각만 해도 가슴이 답답합니다.

　여러분이 가만히 있을 수 없지요. 특히 여러분은 모두 세계를 안방처럼 드나들 국제화 시대의 주역들이 아닙니까? 그럴수록 '정신무장' 부터 했으면 좋겠습니다. 이 책이 여러분에게 '오랑캐' 마인드를 살짝 심어 줄 것입니다. 그렇다면, 지금부터 활동 개시!

# 창백한 푸른 점
태양계 외곽에서 본 지구의 보잘것없는 모습

현재의 모든 실정을 고려하면, 우주는 영원히 확장되고 있다고 할 수 있다. 우리는 그동안의 짧은 정체 기간을 거쳐 이제 다시 조상들이 했던 방랑 생활의 양식을 계속하게 된 셈이다. 태양계와 그 너머 곳곳의 여러 세계들에 안전하게 흩어져 있을 우리의 먼 후손들은, 그들이 공유한 유산, 그들의 고향 행성에 대한 관심, 그리고 우주를 통틀어 다른 생물은 몰라도 인류만은 지구로부터 유래했다는 인식으로 한 가족이 될 것이다.

그들은 그들의 밤하늘을 우러러 창백한 푸른 점을 찾아내려고 애쓸 것이다. 그것은 비록 보잘것없는 나약한 존재에 지나지 않으나 그들은 사랑하여 마지 않으리라. 인류의 모든 능력이 담겨져 있던 그 그릇은 한때 얼마나 깨지기 쉬운 것이었던가. 인류의 어린 시절은 얼마나 위태로웠으며, 인류의 시작은 얼마나 초라했으며, 제 길을 찾아내기까지 얼마나 많은 강을 건너야 했던가. 그 사연 모두에 그들은 경탄할 것이다.

《창백한 푸른 점》 423쪽
칼 세이건, 현정준, 사이언스북스, 2001

어릴 때부터 밤하늘을 쳐다보면서 별 구경하는 게 취미였지만, 칼 세이건의 이 책을 읽고 나서는 우주의 어마어마한 스케일에 입이 딱 벌어졌습니다. 그리고 얼마 전에 영화 〈지구를 지켜라〉를 보고 나서는 안드로메다와 외계인의 존재에 대해서도 생각해 보았습니다.

'창백한 푸른 점'은 발사 후 23년이나 걸려 1990년 2월에 태양계 외곽에 도달한 우주탐사선 보이저 2호가 포착한 지구의 모습을 묘사한 말입니다. 이 외롭고 볼품없는 지구의 모습은 거기에 사는 우리 인간이 우주 안에서는 한 줌의 모래도 되지 않는다는 사실을 보여 주는 것이지요.

우주 과학을 대중에게 소개한 과학자로 평가받는 칼 세이건은 실제로 미국 우주 계획을 주도한 인물이기도 하지요. 이론과 현장을 넘나드는 천문학자의 우주 이야기는 듣고 또 들어도 지겹지 않습니다.

칼 세이건은 NASA(미국 항공우주국, National Aeronautics and Space Administration)의 자문위원이기도 했습니다. 나는 미국에서 부러운 것 하나를 꼽으라고 한다면 NASA를 이야기하겠습니다. 항공우주 연구와 개발에 관한 한 세계 최고의 기관인 NASA는 전 세계의 과학자들을 모이게 했습니다. 훌륭한 연구기관은 좋은 인재들을 소리 소문 없이 데려가지요. 아직 우리는 그럴 만한 여건이 못 되지만, 우리라고 우주 과학 못 하라는 법은 없습니다.

첨성대 하나로 만족하기에는 우리의 과학 정신과 호기심, 스케일이 너무 크지 않습니까? 천문학이 아니더라도 우주를 생각하는 사람의 사고는 계속 확장될 수밖에 없습니다. 이른바 우주적 세계관, 우주적 가치관이 필요합니다.

여러분은 그런 가능성을 가지고 있습니다. 칼 세이건이 이 책에서 말했듯 여러분은 우주인이니까요. 나도 우주인입니다. 우주인이자 '창백한 푸른 점'의 지구인이고, 아시아 인이자 한국인입니다.

역사 지식보다 역사 의식

정본 백범일지

오로지 민족만을 생각했던 위대한 독립 운동가가 남긴 피의 기록

나는 우리 나라가 세계에서 가장 아름다운 나라가 되기를 원한다. 가장 부강한 나라가 되기를 원하는 것은 아니다. 내가 남의 침략에 가슴이 아팠으니 내 나라가 남을 침략하는 것을 원치 아니한다. 우리의 부력은 우리의 생활을 풍족히 할 만하고, 우리의 강력은 남의 침략을 막을 만하면 족하다. 오직 한없이 가지고 싶은 것은 높은 문화의 힘이다. 문화의 힘은 우리 자신을 행복되게 하고 나아가서 남에게 행복을 주겠기 때문이다.

지금 인류에게 부족한 것은 무력도 아니요, 경제력도 아니다. 자연과학의 힘은 아무리 많아도 좋으나 인류 전체로 보면 현재의 자연과학만 가지고도 편안히 살아가기에 넉넉하다. 인류가 현재에 불행한 근본 이유는 인의가 부족하고, 자비가 부족하고, 사랑이 부족한 때문이다. 이 마음만 발달이 되면 현재의 물질력으로 20억이 다 편안히 살아갈 수 있을 것이다. 인류의 이 정신을 배양하는 것은 오직 문화이다. 나는 우리 나라가 남의 것을 모방하는 나라가 되지 말고, 이러한 높고 새로운 문화의 근원이 되고 목표가 되고 모범이 되기를 원한다. 그래서 진정한 세계의 평화가 우리 나라에서, 우리 나라로 말미암아서 세계에 실현되기를 원한다.

《정본 백범일지》 377쪽

김구, 김학민·이병갑 주해, 학민사, 1997

지금은 사정이 좀 나아졌지만, 여러분도 알다시피 남한과 북한은 서로가 서로를 믿지 않고, 서로가 서로를 인정하지 않고, 서로

가 서로를 증오하며 반 세기를 지내 왔습니다. 그것은 우리 민족에게 그런 심성이 있어서가 아니라, 자기 나라의 이익을 지키려는 미국과 소련이, 남한의 뒤에서 북한의 뒤에서 독재자들을 부추겼기 때문입니다.

그런 남과 북 사이인데도, 남북이 똑같이 숭앙하는 독립 운동가가 있습니다. 바로 백범 김구 선생입니다. 남쪽에서야 진작부터 김구 선생의 독립 운동을 높이 평가하고 있었습니다만, 북한은 김일성의 만주지역 무장투쟁을 크게 기리었기 때문에 임시정부를 기반으로 활동했던 김구 선생의 독립 운동은 그다지 높게 보지 않았는데, 90년대 초이던가 북에서도 김구 선생을 기념하는 우표가 발행되었다고 합니다.

흔히 《백범일지》를 김구 선생이 자기의 독립 운동을 기록한 것으로 알고 있습니다. 하지만 나중에 우리들이 내용으로 봐 그렇게 판단할지언정, 《백범일지》는 애초에 김구 선생이 두 아들에게 남긴 유서입니다. 1930년대 말 김구 선생과 임시정부가 죽음이 언제 닥칠지 모를 위험 속에서 수만 리 중국 대륙을 쫓겨 다닐 때, 조국에 들어가 있던 어린 두 아들에게 김구 선생이 지낸 일을 알리고자 한 피의 기록이 《백범일지》입니다.

나는 고교 시절에 언뜻 《백범일지》를 읽은 이래, 지금껏 여러 번 《백범일지》를 정독했습니다. 그리고는 그것도 모자라 3년 동안 김구 선생이 쓴 원문과 꼼꼼히 대조하여 정본을 발간해 냈습니다. 그것이 바로 여기에 소개하는 책이지요. 결코 쉬운 작업은 아니었지만, 풍찬노숙 하에서 독립 운동을 하던 김구 선생의 고통에 비하면 티끌만큼도 되지 않는다는 생각에 어려움을 잊을 수 있었습니다.

여러분에게 권합니다. 다른 책은 자투리 시간에, 그냥 편히 누워서 읽어도 되지만, 《백범일지》만은 제대로 시간을 내어, 민족의 독립을 위해 피땀 흘린 김구 선생의 붉은 마음을 생각하며 읽어 보십시오.

홍길동전

차별 없는 세상을 위해 바람처럼 살았던 우리 문학 속 민중 영웅

하루는 길동이 도적들을 불러 의논한다.

"우리가 비록 녹림에 몸을 붙였으나 다 나라의 백성이다. 대대로 이 나라의 은혜를 입고 살았으니 만일 나라가 위태로운 시절을 당하면 마땅히 싸움터에 나아가 목숨을 바쳐 임금을 도와야 할 것이니 어찌 병법을 익히지 않겠는가? 내게 무기를 갖출 묘책이 있으니 아무 날 함경도 감영 남문 밖에 있는 능 근처에 마른 풀을 운반해 두었다가 그날 밤 삼경에 불을 지르되 능에는 해가 미치지 않게 하라. 나는 남은 군사를 거느리고 기다리다가 감영에 들어가 무기와 곡식을 빼앗으리라."

《홍길동전》42쪽

허균 원작, 김성재 지음, 현암사, 2000

세상에 억울한 일이 많고도 많지만, "아버지를 아버지라 부르지 못하고, 형을 형이라 부르지 못하는" 사람의 심정은 겪어 본 사람만 알 것입니다. 가족한테 버림받았으니 사람 취급 못 받는다는 호소를 할 만도 합니다.

하지만, 호소를 하면 뭐 합니까? 어차피 서얼 출신은 할 수 있는 게 아무것도 없었던 걸요. 공부를 해도 과거를 볼 수 없었고, 사람들에게는 이유도 없이 손가락질 당해야 했습니다. 단지 첩의 자식이라는 이유로 말입니다.

누구도 첩을 거느리는 양반 탓은 하지 않았습니다. 모두가 첩의 자식을 '그냥' 미워했습니다. 때로 세상 인심은 이렇게 야박하고 야만적입니다. 편견은 폭력보다 더 폭력적이지요.

사람 취급 못 받고 살 바에야 거침없이 살기로 작정한 홍길동은 동에 번쩍 서에 번쩍 하면서 부패하고 무능한 조정을 뒤흔들어 놓습니다. 그리고 억압받는 사람들이 오랜 시간 꿈꾸어 온 이상향인 율도국을 세웁니다.

내가 여러분에게 《홍길동전》을 권하면서 하고 싶은 말은 바로 홍길동이 '준비하는' 사람이었다는 겁니다. 그는 썩어빠진 세상을 욕하기만한 것이 아니라 부단히 미래를 준비했습니다. 배울 것은 배우고, 계획을 짤 것은 미리미리 짜 두었습니다.

율도국은 사람들 모아서 실어 날라 만들어진 게 아닙니다. 의적이라는 게 여기서 훔쳐서 저기다 조금 나눠준다고 되는 것이 아닙니다. 홍길동은 백성의 물건을 훔치는 도적들의 물건을 백성들에게 다시 돌려주었습니다.

민심이 왕을 따르지 않고 홍길동을 따르는 것은 당연한 이치지요. 세상이 홍길동 같은 이를 원할 때, 그 사회의 안전망은 이미 무너진 것입니다.

《홍길동전》을 읽으면서 바람처럼 한평생을 살았던 사나이의 이야기에 한번 빠져 보는 것은 어떨까요? 우리 사회의 편견, 그리고 지금 이 시대의 대선자금 도둑들과도 비교해 보고 말입니다.

그렇다면 도로 눈을 감고 가시오

짧지만 명쾌하고, 날카롭지만 웃음을 잃지 않은 산문의 맛

서 화담(徐花潭, 화담은 徐敬德의 호) 선생이 출타했다가 집을 잃어버리고 길가에서 울고 섰는 사람을 만났더랍니다.

"너는 어찌하여 울고 있느냐?"

"저는 다섯 살 때 눈이 멀어서 지금 20년이나 되었답니다. 오늘 아침 나절에 밖으로 나왔다가 홀연 천지만물이 맑고 밝게 보이기에 기쁜 나머지 집으로 돌아가려 하니 길은 여러 갈래요, 대문들이 서로 어슷비슷 같아 저희 집을 분별할 수 없습니다. 그래 지금 울고 있습지요."

선생은,

"네게 집에 돌아가는 방법을 깨우쳐 주겠다. 도로 눈을 감아라. 그러면 곧 너의 집이 있을 것이다."라고 일러 주었답니다.

《그렇다면 도로 눈을 감고 가시오》 15쪽

박지원, 김혈조, 학고재, 1997

박지원은 조선 후기 비판적 지식인의 선두 주자이자 〈양반전〉, 〈호질〉, 〈열하일기〉의 작가로 우리에게 친근한 인물입니다. 그러나 박지원 문학의 백미는 그의 산문에 있다고 해도 과언이 아닙니다. 짧지만 명쾌하고, 날카롭지만 웃음을 잃지 않은, 여유 있고 멋진 산문을 박지원은 많이 남겼습니다.

다만 그의 글이 한문이라 이것을 오늘날 적절한 한글로 풀어쓰는 일이 우리의 과제라면 과제입니다. 이 번역 작업을 김혈조 선생이 하여

'그렇다면 도로 눈을 감고 가시오'라는 제목으로 묶었습니다. 간결하면서도 인생의 지혜가 가득 담긴 글들을 고르고 또 고른 흔적이 돋보이는 책입니다.

한문 문학을 번역해서 국문학의 지평을 넓히는 작업은, 시급하지만 별다른 인기를 끌지 못하는 일이라 늘 안타까운 마음이 듭니다. 그럼에도 불구하고 누구나 쉽게 읽을 수 있는 한글 번역 작업을 하고 있을 여러 연구자들에게 나는 감사와 응원의 마음을 진심으로 전하고 싶습니다. 여러분 가운데에도 옛글을 오늘날의 감각으로 되살리는 일에 동참할 뛰어난 인재들이 많이 나오길 바랍니다.

인용 글인 '자신의 본분으로 돌아가라'에서 느낄 수 있듯이, 박지원은 주체를 잃어버리지 않아야 진정한 변화가 가능하다는 사실을 200여 년 전에 벌써 알고 있었습니다. 자기 자신의 중심을 제대로 잡아야 어떤 상황에서든 흔들리지 않을 수 있다는 박지원의 생각에 나도 이견이 없습니다.

여러분에게 어떤 변화가 닥쳐서 혼란스럽기만 하고 앞이 보이지 않을 때 박지원의 산문을 읽어 보는 것은 어떻겠습니까. 나는 눈을 감고 한참 생각하는 시간이 갈수록 늘어납니다. 나이 탓인지 이 책의 영향인지 그것은 확실히 모르겠지만 여하튼 나쁜 습관은 아니라고 생각합니다.

웃음이 저절로 터져 나오는 재치 있는 산문들, 인간의 허위와 당대 사회의 모순을 비판하는 날카로운 박지원의 글들을 이 책에서 만나 볼 수 있을 것입니다.

이야기 파라독스

어렵고 골치 아픈 논리를 쉽고 재미있는 만화로

악   어 : 내가 아기를 잡아먹을지 안 잡아먹을지 알아맞히면 아기를 무사히
         돌려주지.

어머니 : 오오! 너는 내 아기를 잡아먹을 거야.

악   어: 어떻게 한담? 내가 아기를 잡아먹으면 어머니가 제대로 알아맞힌 게
         되니까 아기를 돌려주어야 하고, 아기를 돌려주면, 못 알아맞힌 것이
         니까 아기를 잡아먹어야 하는데…….

악어는 골치가 아파서 그냥 아기를 돌려주고 말았다. 어머니는 아기를 받자마
자 재빨리 달아났다.

악   어 : 망했군! 저 여자가 내가 아기를 돌려줄 것이라고만 했어도 맛있는 식
         사를 할 수 있었을 텐데…….

《이야기 파라독스》 29쪽

마틴 가드너, 이충호, 사계절, 2003(1990)

하고 싶은 말 속 시원하게 못 하고 집으로 돌아와 가슴만 탕탕 친
일, 분해서 잠을 못 이룬 경험이 한 번씩은 있을 겁니다. 말은
그냥 하는 게 아니라 철저하게 논리의 과정을 거치는 것이더군요.

《이야기 파라독스》를 읽으면 말의 함정을 어떻게 피해 가야 하는지
조금은 알게 될 것입니다. 그렇다고 이 책 읽을 때 골치가 아픈 건 아
닌지 걱정하지는 마십시오. 이 책은 만화책이거든요.

청소년 토지

설명이 필요 없는 현대의 고전 〈토지〉, 이제 부담 없이 읽자

일제 시대를 20년간 살아온 나는 그 시대의 실상을 똑똑하게 기억하고 있습니다. 그 핍박과 억압 속에서 헐벗고 굶주리면서도 우리의 것을 지키려 했고 잃은 강산을 찾으려고 저항했던 그 시절, 잊을 수 없지요.

청소년 여러분들에게는 잊어야 할 그때 그 시절, 잊지 말아야 하는 그때 그 기억은 없을 것입니다. 그러나 나는 단순히 그 시절을 전하기 위해, 일깨우기 위해 이 글을 쓰는 것은 아닙니다. 인류와 이 세상에 생을 받아 나온 모든 생명들의 삶의 부조리, 그것에 대응하여 살아남는 모습, 존재의 본질적 추구를 같이 생각해 보자는 것입니다.

《청소년 토지》제1권 6쪽
박경리 원작, 토지문학연구회 엮음, 이룸, 2003

좋은 출판 기획들이 많이 나오지만, 나는 2003년 초에 나온《청소년 토지》를 보고 한동안 정말 훌륭한 기획이라며 노래를 부르고 다녔습니다.

〈토지〉를 여러분이 읽는다면 더없이 좋겠지만, 그 분량이 방대해서 읽기도 전에 포기할 가능성이 크다는 것을 잘 알고 있습니다. 학교 공부를 모두 미루어 둔 채 몇 주 잡아 읽는다면 모를까, 그렇지 않고서는 〈토지〉를 다 읽는다는 것이 쉽지가 않지요.

다 읽기에는 힘들고, 읽지 않고 넘어가기에는 너무 아까운 작품이라

무슨 좋은 방법이 없나 고심했었는데, 마침 《청소년 토지》가 나와 더없이 반가울 뿐입니다.

〈토지〉를 여러분에게 꼭 권하고 싶은 이유는 이 작품의 작가인 박경리 선생이 너무나 적절하게 말씀하여서 다른 말은 덧붙이지 않겠습니다. 그냥 〈토지〉의 감동은 읽어 보지 않으면 느낄 수 없다는 한마디만 하겠습니다.

난장이가 쏘아올린 작은 공

20년 동안 100쇄를 넘긴 우리 시대의 필독서

사람들은 아버지를 난장이라고 불렀다. 사람들은 옳게 보았다. 아버지는 난장이였다. 불행하게도 사람들은 아버지를 보는 것 하나만 옳았다. 그 밖의 것들은 하나도 옳지 않았다. 나는 아버지·어머니·영호·영희, 그리고 나를 포함한 다섯 식구의 모든 것을 걸고 그들이 옳지 않다는 것을 언제나 말할 수 있다. 나의 '모든 것'이라는 표현에는 '다섯 식구의 목숨'이 포함되어 있다. 천국에 사는 사람들은 지옥을 생각할 필요가 없다. 그러나 우리 다섯 식구는 지옥에 살면서 천국을 생각했다.

《난장이가 쏘아올린 작은 공》 80쪽

조세희, 이성과힘, 2000

이 소설의 주인공인 영수의 아버지는 키 117cm, 몸무게 32kg인 난쟁이입니다. 어린아이의 키를 가진 왜소한 영수의 아버지를 난쟁이가 아니라고 할 수는 없지요. 영수도 그걸 인정했습니다.

그러나 영수가 받아들이기 힘든 것은 아버지의 작은 키가 아닙니다. 그들이 찢어지게 가난한 철거민이라는 사실이지요. 하루하루 생활이 힘겨운 걸로도 모자라 이제는 어디론가 떠나야 합니다.

더욱더 고통스러운 것은 이들에게는 꿈꿀 내일이 없다는 것입니다. 앞으로의 삶이 지금보다 나아진다는 희망을 이들에게 강요할 수는 없습니다. 철거는 재개발을 한다는 명목으로 추진되지만, 돈 있는 사람들이 더 많은 돈을 벌 수 있게 하기 위해 가난한 사람들이 집을 비켜 줘야 하는 것이 진실에 더욱 가깝습니다. 철거를 당하는 사람들도 철거를 시키는 사람들도 모두 알고 있는 사실입니다. 이 작품은 비극적 현실 속의 대립 관계를 소외계층의 눈으로 풀어 나가고 있지요.

조세희 선생의 소설집 《난장이가 쏘아올린 작은 공》은 1978년 발표 이후 지금까지 100쇄를 넘긴 우리 시대의 대표적인 스테디셀러라고 알고 있습니다. 좋은 소설이 오랫동안 폭넓은 사랑을 받는 것은 나로서도 정말 기쁜 일이 아닐 수 없습니다.

이 소설들을 읽다 보면, 조세희 선생이 얼마나 공들여 작품을 썼을까 그걸 떠올리게 됩니다. 주제넘은 이야기지만 이 소설은 연필을 조심스레 깎아 나가면서 쓴 듯한 단정하면서도 여운이 긴 명문(名文)들의 집합이라고 생각합니다.

문학평론가 김병익 선생이 쓴 어떤 글에서 보니, 조세희 선생이 문장 하나를 완성하느라고 커피를 수십 잔 들이키며 밤을 꼬박 새웠다고 하더군요. 그 글을 읽으면서 역시 조세희 선생은 장인 정신을 가진 분이다 싶었습니다.

개발이라는 이름 아래 우리는 수많은 철거민을 만들었습니다. 세월이 지나면서 아무렇지도 않게 잊어버렸던 그들의 소외와 희생을 돌이켜보며 부끄럽게 반성합니다. 분노와 원한으로 표현할 수도 있는 내용의 소설을, 슬프면서도 아름답게 써서 더 큰 분노와 아픔을 느끼도록 한 조세희 선생에게 나는 경의를 표하고 싶습니다.

한국철학 에세이

"한국에도 철학이 있나요?" 외국 철학에 가려졌던 한국 철학의 진면목

하지만 이이는 20세 되던 해 절에서 《논어》를 읽다가 문득 깨달은 바가 있어 다시 고향으로 돌아옵니다. 그 뒤로는 오죽헌에 머물면서 성인이 되겠다는 목표를 세워 놓고 열심히 공부하였습니다. 그리고 23세 때는 경상북도 예안의 도산(陶山)으로 당시 58세였던 이황을 찾아가 배움을 청하고 이틀을 같이 지냈습니다. 이 때문에 훗날 퇴계학파의 후손들은 이이도 이황의 제자라고 주장하였습니다. 하지만 함께 시를 지어 주고받으며 학문적 토론을 벌이면서 이이의 재능에 깊이 감명 받은 이황은, 뒷날 제자 조목에게 보낸 편지에서 이이를 만나고 나서야 비로소 "뒤에 태어난 사람이 두렵다"고 한 공자의 말이 틀리지 않았음을 알았다고 하였습니다.

《한국철학 에세이》 167쪽
김교빈, 동녘, 2003

패기 가득한 젊은 철학자에게 제자가 질문을 하나 던졌습니다. "한국에도 철학이라는 게 있나요?"라고. 젊은 철학자는 처음에는 당황했고, 나중에는 놀랐습니다. 그리고 《한국철학 에세이》를 세상에 내놓았습니다.

한국에 독창적이고 깊이 있는 철학자들이 있다는 대답을 김교빈 선생은 자신의 책을 통해 대신했습니다. 그리고 전공자들의 내부 용어가 아닌 한글 아는 사람이면 누구나 읽을 수 있게 책을 썼습니다.

근대 이후부터는 서양 철학에 밀리고 그 이전까지는 중국 철학에 치인 우리 정신사의 가치가 이런 좋은 책으로 알려지는 것은 기쁜 일입니다. 게다가 책 읽는 재미는 또 얼마나 쏠쏠한지 모릅니다. 난다 긴다 하는 대학자들의 '야사'가 이 책 안에는 여럿 나오거든요.

양반 다리 턱 하니 하고서 나이 어린 사람 대했을 것 같은 조선 시대 유학자의 진면목이 이 책에 나옵니다. 서른다섯 살 차이 나는 두 사람이 만나자마자 이박삼일 합숙 토론하는 모습은 지금도 여간해서 찾아보기 힘들지요.

하지만, 당대의 두 거목인 이황과 이이는 금방 친구가 되어 그렇게 하지 않았습니까? 그만큼 그들의 사고는 열려 있었습니다. 그리고 자신의 철학 체계를 끊임없이 발전시켰습니다. 다른 사람의 뛰어난 점을 있는 그대로 인정하고 자기 자신을 비추어 보는 자세야말로 한국 철학의 가장 눈부신 특징이 아닐까, 이 책을 읽으면서 생각했습니다.

우리가 너무도 잘 아는 원효, 정약용을 비롯해, 조금은 생소한 이언적, 정제두까지 아홉 명의 한국 철학자 이야기가 이 책에는 상세하게 나와 있습니다. 독창적이고 뛰어난 우리 철학자들이 있어, 그리고 그들을 소개한 《한국철학 에세이》 같은 책이 있어 한국의 철학은 가난하지 않습니다.

뜻으로 본 한국역사

보잘것없게만 느껴지는 우리 역사에 불만인 사람을 위한 역사책

삼국 시대의 역사는 분명히 실패의 역사다. 민족통일을 하자던 것이 부서지고 말았고, 문화 발달을 했어야 할 것이 그만 시들어 죽고 말았고, 자기를 여무지게 길렀어야 할 것을 그만 잃고 말았으니 실패 아닌가? 여왕이 나온다던 것이 가엾은 한 계집종이 나오고 말았고, 위대한 혼을 기다렸던 것이 보기 싫은 산송장을 만나고 말았다. 숨길 수 없는 실패다.

그러나 한민족을 길이길이 아주 장사 지내는 실패일 수는 없다. 모든 뜻 있는 역사 행위에서 이 사람들을 아주 자격 없는 놈으로 몰아낸 것은 아니다. 중요한 민족 단련에서 실패한 탓에 고난의 길을 걷게 된 것은 사실이나, 그렇다고 해서 자포자기한 가운데 멸망의 길을 입 닫고 걸어가라는 것은 아니다. 실패하였기 때문에 도리어 자기를 고치고, 문화를 다시 일으키고, 민족을 새로 통일할 의무를 더 무겁게 지게 되었다.

《뜻으로 본 한국역사》181~2쪽
함석헌, 한길사, 2003

한국의 명문장가. 나는 함석헌 선생 생각을 할 때마다 가장 먼저 '문장가'라는 칭호가 떠오릅니다. 입말을 그대로 옮긴 것 같은 리듬감, 정확하고 명쾌하면서도 유장한 문장의 힘, 읽는 이의 이성과 감성을 함께 자극하는 치밀함이 함석헌 선생의 문장에는 들어 있습니다. 소설가들이 이분 문장을 흉내 내기도 했다면 알 만하지 않습니까? 이분의 숱한 저서 중에서도 선생의 매력적인 문장을 가장 많이 만날 수 있는 책이 《뜻으로 본 한국역사》라고 생각합니다. 그렇다고 명문장 감상하라고 이 책을 추천하는 것은 아닙니다.

70년 전인 1933년 오산학교의 젊은 교사였던 함석헌 선생은 역사책 없는 현실을 개탄하다가 이 책의 집필을 결심했습니다. 아무리 공부가 깊고 글 잘 쓰기로 소문난 청년이었다지만, 참고할 만한 자료 한 장 없이 단숨에 역사책 한 권 써 내려갔다는 것은 보통 일이 아닙니다. 경탄을 금치 못하겠다는 말은 이럴 때 쓰는 게 아닐까요. 거기다 지금 읽어도 펄펄 뛰는 역사 인식은 또 어떻고 말입니까.

저술 70년 기념으로, 이 책이 얼마 전 새 모습으로 나왔습니다. 한글 세대를 위한 책으로 새 단장을 했더군요. 책이 더 훌륭해진 것은 물론입니다. 여러분이 옛날 말 무슨 뜻인지 몰라 이 책 못 읽겠다고 할까 봐 조금 걱정했는데, 한길사에서 여러분을 위한 함석헌 선생의 책을 냈습니다.

한길사는 내가 편집장으로 있었던 출판사입니다. 내 손때 묻힌 책은 어느 것 할 것 없이 다 애착이 가지만, 그중에서도 함석헌 선생의 책은 유독 눈길이 더 갑니다. 이분의 책을 내가 만들었다는 자부심과 좀 더 잘 만들지 못했다는 부끄러움이 책 만들던 시절의 추억과 함께 뒤섞입니다. 내게는 모두 아름다운 시절이었습니다.

왜 한국 역사는 이다지도 보잘것없는가! 왜 우리는 이토록 험한 시련과 수모를 당하면서 살아왔는가! 한국 사람이라면 홧김에라도 이런 불만을 한 번쯤 가져 봤을 겁니다. 여러분 나이 때에는 왜 나는 한국 같은 나라에 태어났을까 하고 못마땅해하기도 하겠지요. 그렇다면, 함석헌 선생의 《뜻으로 본 한국역사》를 읽어 보기 바랍니다. 우리 역사에 대관절 무슨 뜻이 있는지 이 책 안에서 답을 찾을 수 있습니다.

우리글 갈고 닦기

교과서에 나오는 문장도 엉터리가 수두룩하다고?

(가) '김씨는 끈질기게 노력해 뜻을 이루었다.'고 하는 것보다 '김씨는 끈질기게 노력한 결과 뜻이 이루어졌다.'고 하는 것이 더 논리적인가?

(나) '공명 선거를 해야 한다.'고 하는 것보다 '공명 선거가 이루어져야 한다.'고 하는 것이 더 지적인가?

(다) '관계 부처에서 자료(서류)를 내놓지 않아서 국정 감사를 못했다.'고 하는 것보다 '관계 부처의 자료(서류) 제출이 이루어지지 않아서 국정 감사가 이루어지지 않았다.'고 하는 것이 더 명석한 표현인가?

《우리글 갈고 닦기》18쪽

이수열, 한겨레신문사, 1999

이 세 질문에 여러분은 자신 있게 대답할 수 있습니까? 예문의 문장이 너무 어렵다구요? 무슨 말씀을! 모두 여러분 교과서에 있는 문장들입니다. 47년 동안 초 · 중 · 고등학교에서 학생들을 가르쳤던 이수열 선생이 쓴《우리글 갈고 닦기 ─ 국어 교과서, 다시 써야 한다!》의 일부분입니다.

여러 언론 매체들에서 잘못 쓰고 있는 문장들을 바로잡아《우리가 정말 알아야 할 우리말 바로 쓰기》라는 책을 내놓았던 이수열 선생은 청소년들의 국어 교과서도 그냥 지나칠 수 없다고 생각하였습니다. 그래서 철 지난 옷 먼지 털듯 국어 교과서의 문제 있는 문장들을 꼼꼼하게 가려내 교정한 책이 《우리글 갈고 닦기》입니다.

사실 이 책을 읽으면서 얼마나 진땀이 났는지 모릅니다. 글 쓰고 책 만드는 일을 하는 나도 가끔씩 잘못 쓰는 글이 있다는 사실을 이 책을 통해 알았기 때문입니다. 나도 모르게 틀리는 문장들을 지금부터라도 하나하나 잡아 나갈 작정입니다.

여러분 중에는 어떻게 하면 글을 잘 쓸까 고민하는 친구들이 많이 있겠지요. 반드시 수능이나 논술 때문이 아니더라도 글 잘 쓰고 말 잘 하고 싶은 것은 당연하지 않습니까.

세상 모든 일이 그렇듯 무엇인가를 잘 하기 위해서는 기본을 튼튼하게 갖추어야 합니다. 글쓰기도 마찬가지여서 아름답고 화려한 글을 쓰기 이전에 문법에 어긋나지 않고 자연스러운 문장을 익히는 것이 중요합니다.

이 책을 통해 교과서에 있는 문장들도 얼마든지 잘못될 수가 있다는 걸 여러분이 알게 되었으면 좋겠습니다. 비판적 사고는 절대적으로 맞거나 완전한 것이란 없다고 생각하는 데서 커 나가니까요.

한자가 궁금하다

한자를 재미있게 익히기 위한 질문과 대답 50가지

우리가 쓰고 있는 한자는 모두 우리 식으로 읽는 발음을 가지고 있다. 만일 그것이 없다면 한자를 읽을 수가 없으며, 읽을 수 없는 한자이기에 사용할 수도 없었을 것이다. 그렇다면 한자의 발음은 어떻게 정해지게 되는 것일까?

처음에 한자가 들어왔을 때 당연히 그 한자의 뜻과 형체, 그리고 발음도 함께 들어왔다. 그때의 한자 발음은 그것을 사용하는 중국인들의 발음을 그대로 받아들였다. 만일 그대로 받아들이지 않는다면, 한자에 대한 아무런 지식이 없던 우리들로서는 그것을 읽을 방법이 없었기 때문이다. 이것은 지금 우리가 사용하는 영어 중 이미 외래어로 된 단어들의 발음을 영어의 발음대로 적는 것과 마찬가지이다.

《한자가 궁금하다》 52쪽
이규갑, 학민사, 2000

나는 한글을 사랑하고, 한글의 우수성을 자랑스럽게 생각하는 사람입니다. 하지만, 그렇다고 해서 한글 전용론자는 아닙니다. 기본적으로는 한글로 언어 생활을 하되, 적어도 한자를 몰라 불편을 겪어서는 안 된다고 생각합니다.

그냥 한글만 쓰면 한자를 알아야 할 일이 어디 있냐고 묻겠지만, 그런 게 아닙니다. 한자는 오랜 역사 동안 우리 문화 깊숙이 들어와 있는 문자입니다. 한자를 모르면 우리의 역사와 문화를 더욱 깊이 이해할 수가 없는 것은 당연한 일이지요. 또한 한글의 뜻을 더욱더 풍부하게 살리기 위해서도 한자는 알아야 하지요.

게다가 중국, 일본을 비롯한 동북 아시아 국가들과 거리를 좁히는 데에도 한자를 아는 것이 가장 빠른 길이라고 장담합니다. 동북 아시아권 시대가 열린다는 것은 거부할 수 없는 국제 사회의 흐름이고, 여기에 우리가 어떻게 대처하느냐가 이제 남은 과제입니다. 무엇부터 준비할까 고민하는 사람들에게 나는 한자부터 익히라고 합니다.

이렇게 알고 나면 든든한 한자가, 익히기에 만만하지 않다는 게 조금 마음에 걸립니다. 글자 외우기도 바쁜데 도무지 알 수 없는 용어들은 왜 그렇게 많은지, 그리고 역사가 오래된 문자라는데 그동안 어떠한 변화를 겪었는지 궁금한 게 산더미 같을 줄로 짐작합니다.

《한자가 궁금하다》라는 책은 여러분이 한자에 대해 알고 싶어 하는 50개의 질문에 이규갑 선생이 친절하고 자세한 답변을 해 준 책입니다.

여러분이 뭘 궁금해하는지 어떻게 아느냐구요? 이규갑 선생은 연세대 한문 교양과정을 수강하는 학생들에게 설문을 받아 질문을 가려낸 후 이 책을 집필하였습니다. 그러니 목차 순서에 상관없이 자신이 궁금한 부분부터 읽기 시작하세요.

한자에 대한 50가지 의문들을 풀고 나면 한자가 훨씬 친근하게 느껴질 것입니다. 자신감도 부쩍 늘어날 거라고 확신합니다.

흑설공주 이야기

너도나도 '성형' 하는 비뚤어진 시대를 향한 여성 자아의 외침

모험의 세계를 떠난 왕자가 우여곡절 끝에 세상에서 가장 아름다운 공주를 만나 결혼하여 잘살았다더라는 동화는 수백 년 동안 어린 여자아이들의 마음을 사로잡았고 지금도 그 동화가 남긴 꿈은 계속되고 있다.

반대로 미모가 따라주지 않는 여성에겐 덕성도, 행복도, 행운도, 사랑도 없다. 이처럼 동화에는 아름다운 여자를 제외하고는 여성에 대한 존중이라곤 찾아볼 수 없다.

심지어 독일의 옛날 이야기 〈퍼도키〉에는 세상에서 가장 아름다운 아가씨와 결혼하려고 모험을 떠난 한 왕자가 나오는데, 미모가 뒤떨어지는 후보가 타고 온 마차들은 번번이 강물 속에 내던져진다. 세상에, 못생긴 여자는 제거되어야 마땅하다는 말이 아닌가!

왕자와 공주가 결혼하는 이런 류의 동화들은 그 순진무구한 겉모습과 달리 매우 위험한 메시지들을 전파하고 있다. 이런 동화를 읽으며 자라는 여자아이들은 '외모가 재산' 이며 다른 것은 아무래도 상관없다는 생각을 은연중 받아들이게 되는 것이다. 여성에게 못생겼다는 것은 지탄받아 마땅한 치명적 결함이 되고 마는 것이다.

《흑설공주 이야기》 5쪽

바바라 G. 워커, 박혜란, 뜨인돌, 2002(1998)

과거는 용서해도 못생긴 것은 용서 못 한다는 무지막지한 말이 떠돌던 시절이 있었습니다. 얼굴 예쁜 여자만을 대접하는 남자들

과 세상의 폭력은 아직 사라지지 않았고 말입니다. '성형수술 중독'이라는 말까지 유행하는 요즘, 여자분들이 제발 얼굴 때문에 기죽거나 상처받지 않았으면 좋겠습니다.

예쁜 걸 좋아하는 마음이야 인간의 본성이라고 당당하게 말하는 사람들, 얼굴 못생겨서 겪는 서러움을 누가 아느냐고 하소연하는 사람들에게 《흑설공주 이야기》를 먼저 권하고 싶습니다. 여자가 예뻐야 한다는 통념이 조작된 이데올로기라는 사실을 이 책을 읽고 나면 알게 될 겁니다.

여자는 예쁘고 다소곳해야 한다는 생각은 누구를 위한 것인가요? 언제나 남자에게 의존하는 공주가 되어야 팔자 고치고 잘산다는 식의 동화는 이제 물러가라고 흑설공주는 외칩니다. 이 책에서는 백설공주, 신데렐라, 인어공주, 개구리 왕자, 미녀와 야수 등등의 동화들을 전면적으로 뒤집어서 각색합니다.

왕자를 기다리는 공주, 고분고분 말 잘 듣는 공주, 연약한 공주는 모두 흑설공주와 번지수가 달라도 한참 다릅니다. 흑설공주는 만나고 싶은 왕자를 기약도 없이 앉아서만 기다리지 않고 직접 찾아갑니다. 자기 권리를 당당하게 요구할 줄 알며, 싸워야 할 일이 있을 때에는 싸우는 사람이 흑설공주입니다. 진짜 공주는 '백설'이 아니라 '흑설'입니다.

말끝마다 '여자는 말이지' 혹은 '남자는 말이지'라고 덧붙이는 시대는 이제 갔습니다. 여자라고 못 할 것도 남자라고 못 할 것도 없는 세상이지요. 여러분도 자신의 가능성을 성별로 제한하지 말았으면 좋겠습니다. 그리고 다른 사람을 성별로 판단하지도 말기를 당부합니다.

페미니스트는 여자만 되라는 법 있나요? 나도 페미니스트 전선에 참여하겠습니다. 전선이라는 말이 너무 과격하다고요? 나도 남자지만, 대부분의 주도권을 남자들이 쥐고 있는 사회에서 깨 나가야 할 모순은 많고도 많습니다.

그런데, 남자인 내가 왜 이렇게 여성 인권 옹호를 주장하는지 궁금하겠지요? 《흑설공주 이야기》 책 한 권 때문이라고 보기에는 너무 열변을 토한다고 느끼는 사람도 있을 겁니다. 정확하게 보았군요.

나는 두 딸의 아버지입니다. 네 식구인 우리 집에서 남자는 나뿐이지요. 30년 가까이 여자들 틈에서 살다 보니 어느새 여자들 편이 되었습니다. 집 밖에서도 사정은 마찬가지입니다. 우리 집 강아지도 암놈이라서 나는 마당에서조차 함부로 큰소리치지 않습니다.

타는 목마름으로

온몸으로 자유와 민주를 부르짖었던 이 땅 모든 젊은이들의 애창곡

타는 목마름으로

신새벽 뒷골목에
네 이름을 쓴다 민주주의여
내 머리는 너를 잊은 지 오래
내 발길은 너를 잊은 지 너무도 너무도 오래
오직 한가닥 있어
타는 가슴속 목마름의 기억이
네 이름을 남 몰래 쓴다 민주주의여
……

《타는 목마름으로》 8쪽
김지하, 창작과비평사, 1993(1982)

김 지하 시인이 하나의 신화로 존재했던 세대가 있습니다. 시와 연극, 민주화 운동을 넘나들며 천재적인 재능을 유감없이 발휘했던 1970년대를 나는 떠올리지 않을 수 없습니다.

지금 김지하 시인은 시 이외에도 한국 고대사와 사상사에 많은 관심을 가지는 것 같습니다. 세월이 많이 흘렀고, 시인에게도 여러 가지 시련과 변화가 있었던 것으로 알고 있습니다.

그러나, 내가 기억하고 있는 김지하 시인은 언어의 귀재이자 탁월한 감각을 지닌 예술가입니다. 모국어의 리듬을 이렇게 자유자재로 구사하는 시인이 또 있을까 싶습니다. 무릎을 탁 치게 만드는 구절들을 쏙쏙 뽑아 내는 직관은 도대체 어디서 나오나 싶고요. 게다가 젊은 시절부터 한국의 전통 문화를 되살리는 작업에 깊은 관심을 보인 시인의 혜안이 오늘날 더욱 깊게 느껴집니다.

군사 정권과 부패 세력을 벌벌 떨게 만들었던 〈오적〉은 물론이고, 민주주의에 대한 열망을 절절하게 나타낸 앞의 시 〈타는 목마름으로〉는 모두 그야말로 답답한 사회에 가슴 치던 우리의 숨통을 틔워 준 절창 가운데 절창이지요.

민주주의는 멀게만 보이고, 미래가 회색빛 하늘로 암울하게 느껴질 때 나는 이 시를 자주 읊었습니다. "숨죽여 흐느끼며/ 네 이름을 남 몰래 쓴다./ 타는 목마름으로/ 타는 목마름으로/ 민주주의여 만세"라는 마지막 연을 읊을 때면 서러운 마음도 한결 나아지곤 했지요. 그때마다 민주주의에 대한 나의 열망이 적어도 순수하다는 것을 깨닫고 내 옷깃을 다시 여밀 수가 있었습니다.

그의 시는 시인의 삶의 궤적이나 예술 영역만큼 넓고도 깊어서 한마디로 단정짓는 것 자체가 불가능합니다. 다만, 김지하 시인의 시는 언제나 젊다고, 그렇게 말할 수는 있을 것 같습니다. 여러분에게 권하는 이유도 어쩌면 그 때문일지 모르겠습니다.

살아있는 한국사 교과서

교과서도 이렇게 재미있을 수가 있다!

명종 때는 임꺽정이라는 더 큰 도적이 일어나 황해도 일대에서 여러 해 활동하였다. 신분차별에 불만을 품은 천민과 생활이 어려워진 농민들로 구성된 임꺽정 부대는 황해도 구월산을 근거지로 삼아 양반들을 공격하고, 관청을 습격하였으며, 왕에게 보내는 진상 공물을 빼앗기도 하였다.

다급해진 조정에서는 황해도 농민들의 세금을 줄여 주는 한편, 서울의 최정예 부대를 파견하여 이들을 제압하려 들었다. 하지만 서울에서 내려온 토벌대는 도적을 잡기보다는 백성을 약탈하기 바빴다. 그러자 백성들이 더욱 임꺽정을 감싸고 돌아, 그를 잡는 데 무려 3년이나 걸려야만 하였다.

임꺽정의 활동을 기록한 사관은 "조정이 재물을 밝히지 않고 수령 또한 이같은 사람을 임명한다면, 칼을 잡은 도적은 송아지를 사서 농촌으로 돌아갈 것이다. 그저 군사를 거느리고 체포하기만 하면, 수없이 도적이 일어나 다 붙잡지 못할 지경에 이를 것이다."고 말하였다.

《살아있는 한국사 교과서》 제1권 196~7쪽

전국역사교사모임, 휴머니스트, 2002

교과서는 재미없고 딱딱한 것이라는 인식이 아주 자리를 잡았습니다. 오죽하면 '교과서 같은 사람'이라는 말이 있겠습니까? 게다가 매년 대학 입시가 끝나고 나면 각 대학 수석 입학자들이 "교과서 위주로 공부했다"는 통에 교과서는 주는 것 없이 미운 책으로 낙인이 찍힌 지 오래되었습니다.

하지만, 나는 우리 나라 교과서의 명예가 떨어진 이유가 다른 데 있다고 봅니다. 바로 긴긴 군사독재 시절의 '국정 교과서'가 교과서를 망친 주범이 아닐까요?

국가에 종속되어서 한 종류만 나오는 교과서를 나는 지금도 신뢰하지 못합니다. 역사 교과서라면 더더욱 말할 것도 없습니다. 교과서 선택할 권리를 우리는 아무렇지도 않게 포기하면서 살아왔으니 이제는 좀 달라져야 할 때도 되었습니다.

다행스럽게도 지금까지와는 전혀 다른 멋진 교과서가 나왔습니다. 바로 전국역사교사모임에서 만든 《살아있는 한국사 교과서》이지요.

도둑은 무조건 나쁜 사람들이라고 가르쳤던 교과서에서 이게 웬일입니까? 진짜 도둑이 누구인지를 날카롭게, 그러면서도 재미있게 이야기하는 이 책이야말로 이름값을 톡톡히 하고 있습니다. '살아 있는' '한국사' '교과서'. 이쯤 되면 교과서 볼 맛이 난다고 해도 과언이 아닙니다.

나는 가끔 상상해 봅니다. 선생님들이 직접 만든 생생한 교과서로 학생들이 공부하고, 그 교과서의 내용으로 활발하게 토론하는 모습을 말입니다. 공교육이 땅에 떨어졌다, 교실이 무너지고 있다, 별별 흉흉한 소문이 다 돈다는 것을 나도 잘 알고 있습니다.

그리고 그 소문이 헛소문만은 아니라는 것도 압니다. 하지만 교과서 하나가 교실을 바꾸고 학교를 바꿀 수도 있다고 믿는다면 내 꿈이 너무 큰가요?

서양인보다 우리에게 더 유익한 서양인 최초의 한민족 관찰기

숙소가 정해진 후 곧바로 국왕(효종) 앞에 끌려갔다. 왕은 벨테브레를 통하여 우리에게 이것저것을 물어 왔다. 우리는 왕에게 '폭풍우를 만나 낯선 땅에 오게 되어 부모, 처자식, 친구, 애인을 못 보게 되었다.' 라고 온갖 수단을 다하여 대답했다. 또 왕에게 '우리에게 자비를 베풀어 일본으로 보내 동포도 만나고 다시 고국으로 돌아가게 해 달라.' 고 요청했다. 왕은 벨테브레를 통해 '외국인을 국외로 내보내는 것은 이 나라 관습이 아니므로 여기서 죽을 때까지 살아야 하며, 대신 너희들을 부양해 주겠다.' 고 대답했다. 그리고 왕은 우리더러 네덜란드 식으로 춤을 추게 하고 노래도 부르게 하고 우리들이 알고 있는 모든 것을 보이도록 했다.

《하멜 표류기》46쪽

헨드릭 하멜, 김태진, 서해문집, 2003

16 53년 하멜과 일행들은 고국인 네덜란드에서 스페르베르 호를 타고 일본 나가사키로 향합니다. 그런데, 멀쩡하게 잘 나가던 배가 제주도 큰 바위에 부딪쳐 하멜 일행은 생각하지도 못했던 조선 땅에 떨어지게 됩니다. 이미 일어난 사고야 어쩔 수 없는 일이고, 그들은 일본으로 다시 떠날 준비를 하고 있었습니다.

하지만, 그들은 하늘이 무너지는 듯한 소식을 곧 전해 듣습니다. 당시 왕이었던 효종이 하멜 일행에게 "여기서 죽을 때까지 살아야" 한다고 못을 박았던 것입니다. 하멜 일행은 기가 막혔지만, 우선은 별다른 방법이 없었습니다. 조선 팔도 곳곳을 돌아다니며 조선인들과 만나며 세월을 보냈지요. 하지만, 평생을 그렇게 살 수는 없었습니다.

1666년 하멜 일행은 과감하게 탈출을 시도했고, 무사히 네덜란드로 돌아갔습니다. 하지만 네덜란드로 돌아가서도 마냥 편안하게 지낼 수가 없었습니다. 밀린 임금을 받으려면 조선에서 보고 느낀 것을 보고서로 제출하라는 명령이 떨어졌기 때문이지요.

이 보고서가 바로 《하멜 표류기》입니다. 하멜은 조선 임금부터 시골 천민에 이르기까지 자신이 만난 사람들의 생활상을 일기 형식으로 기록했습니다. '코레아'에 대해서 서양인이 쓴 최초의 책인데, 유럽에서 '코레아'에 대해 알게 된 것도 《하멜 표류기》 덕분이었습니다.

이 책에서 하멜은 사회 제도부터 생활 관습은 물론이고 민족성에 이르기까지 자신이 조선에 대해 보고 느낀 모든 것을 기록했습니다.

하멜은 우리 조상들에게 인심 후하고 정 많다는 칭찬을 했지만, 당시 조선 사회의 문제점을 날카롭게 지적하기도 했습니다. 중국에 꼼짝 못하는 국왕, 여자를 천시하는 사회 분위기, 거짓말 하는 것을 당연하게 생각하는 뻔뻔스러움, 전 세계에 열두 개 국가밖에 없다고 믿는 폐쇄적인 현실 인식 등을 꼬집은 것이지요.

부끄럽지만, 부끄러워할 일만은 아닙니다. 화를 낼 일은 더더욱 아니고말고요. 혹시 우리에게 아직까지 남아 있는 병폐는 없는가, 나는 이 책을 읽을 때마다 생각해 봅니다.

《하멜 표류기》를 읽고 나면 조선 시대 생활상을 생생하게 알 수 있을 뿐더러, 국제적인 안목이 왜 필요한지를 절실하게 깨닫게 될 겁니다. 여러분은 전 세계에 한국을 더 널리, 더 많이 알릴 홍보 대사들이 아닙니까? 《하멜 표류기》를 꼭 읽어 주십시오. 지식과 안목이라는 두 마리 토끼를 잡게 될 것입니다.

다산 천자문

연필 한 자루 들고 시작하자, 한자 공부, 영어 공부

〈아학편〉은 중국의 〈천자문(千字文)〉으로만 한자 교육을 시키던 조선 시대에 우리 식으로 교육을 시켜야 된다는 믿음으로 새롭게 만든 한자 교육서이다. 아다시피 중국의 〈천자문〉은 중국의 역사에 바탕을 둔 고사(古事)들로 엮어져 있다. 반면에 〈아학편〉은 우리의 실제 생활에 필요한 생활 한자들을 네 글자 단위로 엮어서 만들었기에, 주체적인 한문 교육의 관점에 서 있다. 이는 모두 2천 자로 이루어졌기 때문에 〈이천자문(二千字文)〉으로도 불렀다.

《다산 천자문》 4쪽
김대현, 다섯수레, 1997

한자 이야기하면 나를 고리타분한 사람이라고 할 사람도 있을 겁니다. 게다가 일주일이 멀다 하고 좋은 책이 나오는 요즘 같은 때 조선 시대 정약용 선생이 쓴 천자문 교본을 왜 권하는지 알 수가 없다고 할 사람도 있을 테지요. 여러분이 이 책을 좋아하지 않을 이유는 또 있습니다. 이 책은 읽으면서 쓰기도 해야 하니까요.

하지만, 조금 귀찮고 힘들다고 좋은 책을 외면할 수는 없습니다. 당시 정약용 선생이 '이천자문'으로 만든 책을 한문학자 김대현 선생이 다시 '천자문'으로 만들었습니다. 중국 따라가는 한자 교육에 반기를 들고 대안으로 내놓은 책이 다시 한 번 시대에 맞춰서 나온 것입니다.

이 책의 장점은 이게 전부가 아닙니다. 영어와 중국 간체자를 함께

표기했고, 한자에 관련된 문화사도 중간중간 나옵니다. 읽고, 쓰면서 한자도 익히고, 영어 공부도 하고, 어깨너머 중국어 간체자도 구경하면 얼마나 좋습니까. 한자의 역사에 대해서도 배울 수 있으니 내가 여러분에게 이 책을 권하지 않을 수 없습니다.

한자 모르면 어떠냐고 하는 사람도 있겠지만, 그럴 때마다 가슴이 철렁 내려앉습니다. 우리말 사랑하는 걸로야 나도 누구 못지않다고 자부하지만, 기본적인 한자를 모른다는 건 문맹과 별반 다르지 않습니다. 과장이 아닙니다. 5년 후가 될지 10년 후가 될지 그것까지야 정확하게 알 수 없지만, 분명히 동북아 시대가 열립니다. 한자가 동북아 공통 언어의 다리를 놓을 것입니다.

한국, 중국, 일본 가운데 한자 교육이 가장 취약한 곳이 우리 한국입니다. 한글이 있다지만, 다른 문제지요. 한자 자체는 중국어도 일본어도 아닙니다. 한글에 얽매여 한자를 나 몰라라 하고 있다가는, 영어 하나만 확실하게 하면 밥은 먹겠거니 하다가는 정말 큰코다칩니다.

벌써 발 빠른 미국 사람들은 한자에 관심을 가지기 시작했습니다. 듣지도 보지도 못한 한자를 통째로 외우고 써서 동양 사람들 깜짝 놀라게 하는 서양 사람들도 몇 년 동안 여럿 만났습니다.

그런데, 나 몰라라 하고 있을 수 있겠습니까? 천자문부터 써 봅시다. 《다산 천자문》이 여러분을 확실하게 도와줄 겁니다. 그래도 연필 한 자루는 준비해야 합니다.

유시민의 경제학 카페

수학보다 더 골치 아픈 경제를 카페에서 차 한잔 마시듯이……

그런데 경제학자에게 물어보자. "인간은 도대체 왜 욕구를 채우려고 할까요?" 대답은 뻔하다. "행복해지기 위해서." 그렇다면 유한한 자원의 양을 최대한 늘려서 더 많은 욕구를 채우면 사람은 그만큼 더 행복해지는 걸까? 사람들은 보통 그렇게 믿고 산다. 하지만 이건 착각에 불과하다.

알아듣기 쉽게 '돼지 같은 인간'이 하나 있다고 가정하자. 이 돼지 또는 인간은 처음에는 먹을 것만 있으면 행복했다. 그래서 열심히 일해서 먹어도 먹어도 남을 만큼 먹이를 많이 구했다. 막상 이렇게 되니까 돼지는 이제 먹을 것만 가지고는 행복을 느끼지 못한다. 문득 주위를 돌아보니 제가 싼 똥이 너무 더러워 기분이 나빠졌다. 돼지는 또 일해서 집을 깨끗이 수리하고 화장실을 만들었다. 그 다음에는 침대를 들여놓고 마누라도 구했다. 그런데도 돼지는 여전히 충분히 행복하지는 않았다. 룸살롱에 진출해서 날씬하고 예쁜 돼지와 춤도 추고 2차도 갔다. 그것마저도 곧 싫증이 난 돼지는 호화유람선을 타고 세계일주 여행을 한다. 유람선 안에서 돼지는 생각한다. 나는 정말 행복한가? 밤새 생각해 봤는데 그런 것 같기도 하고 아닌 것 같기도 했다. 도대체 돼지에게는 무슨 문제가 있는 것일까?

《유시민의 경제학 카페》20쪽
유시민, 돌베개, 2002

신문을 펴면 가장 보기 싫은 것이 경제면입니다. 알 수 없는 용어는 어쩌나 많고 무슨 법칙은 그리 많은지, 경제면만 펼치면 머리가 아프다고 하소연할 친구들이 많을 테지요.

조금도 부끄러운 일이 아닙니다. 대부분의 사람들이 그러니까요. 그렇다고 해서 고개 돌리고 손 놓고 있을 수는 없지 않겠습니까? 경제는 용어와 법칙이기 이전에 사람의 삶을 이리저리 가로지르는 생활의 학문이니까 말입니다.

지금은 국회의원이고 그 전에는 시사평론가로 유명했던 유시민 씨가 여러분을 초대했습니다. 경제학 이야기를 들려주기 위해서 말이지요.

이 책을 읽으면서 유시민 씨의 정연한 논리와 뛰어난 필력에 다시 한 번 놀랐습니다. 애덤 스미스를 비롯한 대표적인 경제학자들의 이야기에서 시작해서 국제 금융자본에 이르기까지 제대로 설명해 주고 있습니다. 쉽게 이해할 수 있는 일상생활의 궁금증을 예로 들면서요. 책 제목에 괜히 '카페'라고 붙인 게 아니더군요. 경제학 공포를 없애 줄 수 있는 좋은 책이라고 믿습니다.

굳이 밝히자면, 우리는 한 출판사에서 일을 한 적이 있는 선후배 사이입니다. 그래서인지 나는 그를 잘 알고 있는 선배라고 자처하면서, 항상 그를 지지하고 응원합니다.

또 하나 밝힐 것은 내 전공이 경제학이라는 사실이지요. 여러분이 경제학을 등지지 말았으면 하는 바람, 여러분 가운데 경제학 전공자들이 많았으면 하는 내 바람은 팔이 안으로 굽는 잘못된 생각일까요? 설령 여러분에게 호되게 비판 받는다고 해도 감수하겠습니다.

님의 침묵

부드럽고 평범하되 깊고 높은 연애시 또는 애국시 또는 종교시

님의 침묵

......

사랑도 사람의 일이라, 만날 때에 미리 떠날 것을 염려하고 경계하지 아니한 것은 아니지만, 이별은 뜻밖의 일이 되고 놀란 가슴은 새로운 슬픔에 터집니다.

그러나 이별을 쓸데없는 눈물의 源泉을 만들고 마는 것은 스스로 사랑을 깨치는 것인 줄 아는 까닭에, 걷잡을 수 없는 슬픔의 힘을 옮겨서 새 희망의 정수박이에 들어부었습니다.

우리는 만날 때에 떠날 것을 염려하는 것과 같이, 떠날 때에 다시 만날 것을 믿습니다.

......

《님의 침묵》14~5쪽

한용운, 미래사, 2002(1991)

나는 천주교 신자입니다. 하지만, 종교에 무슨 큰 벽이 있다고 생각하지는 않아서 어떤 종교가 되었든 좋은 이야기에는 항상 귀 기울이려 노력해 왔습니다.

한용운 선생의 시집 《님의 침묵》을 읽을 때마다 나는 시인이 승려였다는 사실을 새삼 떠올립니다. 그리고 종교는 세상 밖에 있는 것이 아니라는 사실에 공감합니다. 불교의 가르침 가운데 가슴에 새길 만한 귀한 내용이 많다는 걸 받아들입니다.

독립 사상과 불교 사상의 결정체로 평가되는 만해 한용운의 시를 싫어하는 사람을 아직 만나지 못했습니다. 맑고 강건한 그의 정신이 담긴 아름다운 시를 나 역시 훌륭하다고 생각합니다. 1926년에 발표된 〈님의 침묵〉은 인간의 나약함과 우둔함을 희망이라는 큰 틀 안에서 아름답게 어루만진 명시(名詩)가 아닌가 싶습니다.

사람의 마음은 복잡하고 어리석기 짝이 없어, "만날 때에 미리 떠날 것을 염려"합니다. 순간에 충실하고, 서로에게 최선을 다하는 것이 중요하다는 평범한 사실을 모르는 것도 아니면서 그렇습니다. 사랑하는 사람에게 원망과 미움을 함께 가질 때도 많구요. 사랑하는 사람을 떠나보내고 뒤늦게 땅을 치며 후회하는 일도 가끔 있습니다.

사랑하는 사람을 우리가 흔히 말하는 애인으로만 생각하지는 말아주세요. 이 시의 해설에 빠지지 않고 나오는 것처럼 '님'은 진리도 조국도 절대자도 애인도 모두 될 수 있습니다.

갈등과 혼란 뒤에 희망과 진리를 받아들이고 겸허한 자세를 가지는 부드러우면서도 강한 시적 자아가 어쩌면 만해 선생이 다가가고자 했던 넓은 세계가 아니었는가 짐작하면서 그분의 뜻을 되새겨 봅니다. 한용운 선생의 시는 근대적 자유시의 길을 열었다는 의의도 가지고 있습니다. 그것이 시인의 자유 정신과도 무관하지 않겠지요.

잠시 하던 일을 멈추고 내가 사랑하고 찾고 있는 '님'에 대해 생각해 보는 것은 어떻겠습니까. 회자정리 거자필반(會者定離去者必反)이라는 말도 외워 보고 말입니다.

개미제국의 발견

개미들의 오늘을 만든, 8천만 년 이어 온 협동과 나눔의 정신

그러나 개미의 매력은 그들의 외모가 아니라 인간을 뺨칠 정도로 조직적인 사회를 구성하고 사는 그들의 정신세계에 있다. 언뜻 보아 우리보다 훨씬 더 전체주의적인 정치사상을 지닌 그들이지만 민주주의라는 틀 속에서 한편으로는 개인의 권익을 중시하며 다른 한편으로는 국가의 안녕과 발전을 도모해야 하는 우리들에게 많은 것을 느끼게 하는 동물이다. 인류의 역사가 고작 4백만 년 정도인데 비해 개미는 적어도 약 8천만 년 동안 온갖 시행착오를 거듭하며 그들의 체제를 실험해 왔다. 민주주의의 기원을 프랑스 혁명에서 찾는다면 그 역사가 불과 2백 년 남짓이라 우리의 민주주의 체제에 대한 실험은 순간에 지나지 않는다.

《개미제국의 발견》128쪽
최재천, 사이언스북스, 1999

생물은 본질적으로 이기적이다, 아니다 이타적이다 하는 논쟁이 얼마 전에 있었습니다. 새삼스러운 논쟁도 아닙니다. 성선설과 성악설의 오랜 대립도 같은 맥락에서 이해할 수 있는 것이지요.

인간의 본성이 이기적이다 이타적이다라는 의견에는 사람마다 할 말이 있을 겁니다. 단, 절대적으로 악하거나 절대적으로 선한 사람이 없듯이, 이기적이다 이타적이다라는 평가도 절대적일 수 없다는 게 내 생각입니다.

이런 논쟁보다 한 단계 더 나아간 관찰과 주장을 최재천 선생의《개미제국의 발견》에서 '발견' 할 수 있었습니다.

이 책을 읽고 나면 과자 부스러기 찾아서 방바닥을 기어다니는 개미들을 절대 우습게 보지 못할 겁니다. 개미들은 국경 없는 거대한 제국을 만든 지가 오래되었더군요. 약 8천만 년이라는 어마어마한 시간 동안 개미들은 다양한 실험을 거쳐 지금의 협동 조직 체계를 완성했습니다.

사람들이 쉴 새 없이 개미 약을 쳐도 개미들이 흔들리지 않는다는 건 사실 개미들이 사람보다 한 수 위라는 말이겠지요. 개미를 효과적으로 왕창 죽인다는 약이 약국에 얼마나 많이 있습니까? 매번 새로운 약이 나오지만, 개미들은 눈도 깜짝하지 않습니다.

죽이겠다고 작정하고 덤벼드는 인간을 개미가 가뿐하게 이기는 이유가 개미들의 협동과 나눔의 정신에 있다고 나는 봅니다. 전체주의적인 성격을 띤 개미제국이 조금씩 계속 발전해 나가는 것은 개미들이 서로 도와주고 골고루 나누기 때문이 아닐까요?

일을 할 이유와 일을 한 보람을 찾을 수 있는 사회가 발전하듯이, 개미제국의 조직은 집단적이면서도 개미 한 마리 한 마리를 존중합니다.

여기서 우리가 배워야 할 점은 없을까 모르겠습니다. 빈부 격차는 날로 심해져 가는데, 남의 짐 하나 들어 주지 않는 야박한 인심으로 우리가 얼마나 버틸 수 있겠습니까? 사회적 약자에 대한 배려는 도덕적 명분이나 이념이 아니라, 사회 존속과 발전을 위해 필요하다는 것을 여러분이 기억해 주었으면 좋겠습니다. 여러분이 바로 10년 후 20년 후 이 사회의 주인공이니까요.

요 몇 년 사이 동물들의 생활을 관찰해서 내놓은 책들이 꾸준히 나오고 있습니다. 텔레비전의 장수 프로그램 〈동물의 왕국〉도 좋습니다만, 화면에서 놓칠 수도 있는 세세한 동물들의 생활을 책으로도 본다면 금상첨화겠지요.

너무 작아서 눈에 잘 보이지도 않는 개미들에게 비밀은 또 있습니다. 그 비밀은 여러분이 직접 이 책에서 찾아보십시오. 다 말씀드리면 너무 재미가 없으니까요.

어떻게 살 것인가

# 감옥으로부터의 사색

감옥이라는 좁은 공간에서 보내 온, 사람과 삶에 대한 넉넉한 마음

여러 사람이 맨살 부대끼며 오래 살다 보면 어느덧 비슷한 말투, 비슷한 욕심, 비슷한 얼굴을 가지게 됩니다.

서로 바라보면 거울 대한 듯 비슷비슷합니다. 자기가 다른 사람과 비슷하다는 사실, 여럿 중의 평범한 하나에 불과하다는 사실은 대부분의 사람들이 못마땅하게 여깁니다. 기성품처럼 개성이 없고 값어치가 훨씬 떨어지는 것으로 받아들입니다. '개인의 세기(世紀)'에 살고 있는 우리들의 당연한 사고입니다.

그러면 다른 사람과 조금도 닮지 않은 개인이나 탁월한 천재가 과연 있는가. 물론 없습니다. 있다면 그것은 외형만 그럴 뿐입니다. 다른 사람과 아무런 내왕이 없는 '순수한 개인'이란 무인도의 로빈슨 크루소처럼 소설 속에나 있는 것이며, 천재란 그것이 어느 개인이나 순간의 독창이 아니라 오랜 중지(衆智)의 집성이며 협동의 결정임을 우리는 알고 있습니다.

《감옥으로부터의 사색》219쪽

신영복, 돌베개, 1998(1988)

신 영복 선생은 이른바 '통혁당 사건'이라는 것에 연루돼 20년 20일을 감옥 안에 있었습니다. 그때 가족들에게 보낸 편지의 묶음이 바로 《감옥으로부터의 사색》이라는 책입니다. 내가 이 책을 접할 때마다 숙연해지는 까닭은 두 가지 때문입니다.

하나는 사람과 삶에 대한 이토록 깊은 성찰을 감옥이라는 극한의 공간 안에서 했다는 사실이고, 다른 하나는 그것을 가르치려 하지 않고

대화를 나누면서 자연스럽게 전하려 했다는 것입니다.

　간혀 있다는 사실이 사유의 확장을 구속하지 않을 수 있었던 이유는 아마 자신이 속해 있는 사회와 사람에 대한 애정 때문이 아니었을까 나는 짐작합니다.

　가장 고요한 것에서 가장 역동적인 움직임이 생겨날 수 있다는 사실을 증명이라도 하듯, 선생은 감옥이라는 가장 좁은 공간에서 가장 넓고 깊은 세상의 일면을 우리에게 편지로 알려 주었습니다.

　신영복 선생은 출옥 후《감옥으로부터의 사색》못지않게 좋은 책들을 여러 권 냈습니다. 그 가운데에는 국내외를 여행하면서 쓴 책들도 있고요. 하지만 나는 선생의 책 가운데 유독《감옥으로부터의 사색》을 편애합니다.

　이 책에 대한 나의 편애가 지나친 탓인지 여러분에게 이 책을 권할 마땅한 말을 못 찾겠습니다. 그래서 고민 끝에 그냥 직선적으로 말하기로 결심했습니다.

　우리, 이 책을 꼭 읽읍시다.

젊은 베르테르의 슬픔

누구나 한 번쯤 경험할 젊은 날의 고뇌와 사랑

사랑하는 친구여, 이것은 어쩐 일일까? 내가 나 자신을 겁내고 스스로에게 놀라다니! 그녀에 대한 나의 사랑은 어디까지나 거룩하고 순수하고 남매 간 같은 우애, 사랑이 아니던가? 이제까지 단 한 번이라도 마음속으로 죄스러운 소원이나 엉큼한 욕망을 가진 적이 있었던가? 물론 맹세할 수는 없다. 그런데 꿈을 꾼 것이다. 아아, 이처럼 모순되는 갖가지 작용을 불가사의한 힘의 탓으로 돌렸던 옛사람들의 느낌은 얼마나 진실하였던가? 간밤의 일이었다! 입 밖에 내는 것조차 몸이 떨린다. 나는 그녀를 두 팔로 껴안고 가슴에다 꼭 품은 채, 사랑을 속삭이는 그녀의 입술에다 한없이 뜨거운 키스를 퍼부었다. 나의 눈은 그녀의 황홀한 눈동자 속에서 떠돌고 있었다. 신이여, 지금도 저 불타는 기쁨을 마음속 깊이 가득한 그리움으로 되살려 생각하고 행복감에 잠긴다면, 과연 나는 벌을 받아야 할 죄를 짓는 것입니까? 로테! 로테, 나는 이제 마지막에 다다른 것 같다! 나의 감각은 혼란스러워지고 벌써 일주일 전부터 사고력을 잃었다. 나의 눈에는 눈물이 가득 고이고, 어딜 가도 기분이 좋지 못하고, 그래서 어디에 있어도 아무 상관이 없다. 아무것도 바라는 게 없으니, 떠나 버리는 것이 좋을 듯싶다.

《젊은 베르테르의 슬픔》171~2쪽

괴테, 박찬기, 민음사, 1999

1774년 괴테가 《젊은 베르테르의 슬픔》을 세상에 내놓자 독일 사회는 뒤숭숭해졌습니다. 좋아라 휘파람 분 사람들은 권총 장수

들뿐이었지요. 당시 수많은 독일 젊은이들이 이 작품의 주인공 베르테르를 흉내 내어 권총 자살을 했습니다. 유행처럼 번진 자살 행렬은 그 후 200여 년이 지난 지금까지도 유례가 없는 사건일 것입니다.

청년들의 죽음이 아깝고 안타까운 것이야 말할 필요도 없습니다만, 그것과는 별개로 온몸에 독(毒) 퍼뜨리듯 독일 사회 젊은이들을 사로잡았던 《젊은 베르테르의 슬픔》의 위력만은 대단하다는 생각이 듭니다.

젊은 변호사 베르테르는 어느 날 업무 관계로 아름답고 기품 있는 여인 로테를 만납니다. 하지만, 그녀는 이미 약혼자가 있는 예비 유부녀(?)였지요. 이루어질 수 없는 사랑 앞에서 고민하던 베르테르는 로테를 잊기 위해 먼 나라로 떠납니다.

공사 비서관으로 나라를 떠난 베르테르는 기성 세대와의 소통 불능, 인습과의 갈등 등으로 좌충우돌하다가 결국 떠났던 자리로 돌아옵니다. 머물러도, 떠나도, 돌아와도 대책 없기는 마찬가지였지만 말입니다. 돌아오니 로테는 진짜 유부녀가 되어 있는 게 아니겠습니까?

로테는 결혼 후 더욱 안정적이고 윤택한 삶을 누리고 있습니다. 베르테르는 로테를 향한 자신의 변함없는 사랑 앞에서 더욱더 혼란스러워하지요. 하지만, 로테는 기존 질서와 타협하지 못하는 베르테르를 그저 안쓰러운 눈길로 바라보며 따뜻한 배려를 아끼지 않습니다. 자기가 도저히 감당할 수 없는 사랑과 세상 앞에서 아무런 결판도 내지 못한 베르테르는 결국 자기 머리에 권총을 겨눕니다.

많은 사람들은 《젊은 베르테르의 슬픔》을 가슴 아린 연애 소설이라고 합니다. 틀린 말이 아니지요. 서간체 소설인 이 작품을 읽다 보면 닿을 수 없는 절절한 사랑에 자주 가슴이 시립니다.

그렇지만 나는 이 소설의 큰 줄기가 '시대와의 단절'에 있다고 생각합니다. 이것은 당대 독일의 사회적인 문제이기도 했습니다. 격변하는 사회의 변화를 혼란스러워하면서도 끊임없이 새로운 것을 추구하려 했던 젊은이들의 고민이 이 작품 안에 담겨 있는 게 아닐까요?

기존의 가치관을 거부하고 안정된 생활을 멸시하면서도 현재의 불안을 이기지 못하는 피 끓는 청춘의 고뇌가《젊은 베르테르의 슬픔》의 기저에는 깔려 있습니다.

이상(理想)이 이상(理想)인 줄을 알면서도 부조리한 현실과는 손톱만큼도 타협하기를 싫어하는 젊은이들의 정신이야 지금이라고 다를 게 없겠지요. 이 소설이 '고전'인 것도 그 때문이 아닐까 싶습니다. 시간과 공간을 넘어서서 읽는 사람 가슴에 파문을 남기는 것. 그것이 고전의 힘이겠지요. 젊은 여러분이 한없이 부러워질 때 나는 이 소설을 읽습니다.

혼자만 잘 살믄 무슨 재민겨

누구에게나 마음을 열고 사는 시골 농사꾼이 꿰뚫어 본 세상 이치

밭에서 나는 풀도 비름이나 바랭이, 달갈이 같은 건 생명력이 대단합니다. 그 억센 풀과 곡식의 교배종을 만들면 억센 곡식이 생겨 잡초와 독초와도 대결할 수 있고 가뭄이나 장마에도 끄떡없이 자라날 수 있을 듯합니다.

사람도 착하기만 해서는 안 됩니다. 착함을 지킬 독한 것을 가질 필요가 있어요. 마치 덜 익은 과실이 자기를 따 먹는 사람에게 무서운 병을 안기듯이, 착함이 자기 방어 수단을 갖지 못하면 못된 놈들의 살만 찌우는 먹이가 될 뿐이지요. 착함을 지키기 위해서 억세고 독한 외피를 걸쳐야 할 것 같습니다.

《혼자만 잘 살믄 무슨 재민겨》130쪽

전우익, 현암사, 1995(1993)

경북 봉화는 정말 시골입니다. 봉화 안쪽에서 나무와 더불어 살아가는 우리 시대의 농사꾼 전우익 선생은, 얼른 봐서는 무슨 뜻인지 알 수 없는 경상 북부 사투리를 제목으로 하여 책을 냈습니다.

다행인 것은 전우익 선생의 글을 읽고 감동을 받은 독자들이 꾸준히 늘어나서 이 책 뒤로 두 권의 책이 이어져 나왔다는 사실이지요. 시골에서 유유자적하면서 사는 듯하지만, 세상 돌아가는 이치를 훤하게 꿰뚫고 있는 전우익 선생의 혜안에 항상 놀랄 따름입니다.

담배를 그만 끊으시라는 대학생 친구들의 말에, 의리가 있지 몸에 나쁘다고 오래된 벗을 버릴 수 없다고 응수하는 대목을 읽고는 한참을 웃었습니다.

이렇듯 전우익 선생은 고루하거나 강퍅한 분이 아닙니다. 마음을 열고 인간과 자연을 마주하면서 가까운 친구분들에게 꾸준히 편지를 띄우는 따뜻한 분이지요. 젊은 시절부터 견지한 사회에 대한 비판적 시각을 꾸준히 유지하면서 말입니다.

서로 나누면서 사는 넉넉한 삶은 작은 것에서부터 시작된다는 사실을 몸소 실천하는 전우익 선생. 경쟁과 속도를 무슨 벼슬처럼 알고 살아가는 우리에게 전우익 선생은 정신 차리라고 합니다. 그 말씀은 자상하기 그지없지만, 그때마다 왠지 등짝을 얻어맞는 것 같아 정신이 번쩍 듭니다.

전우익 선생의 책을 여러분에게 권하는 것은 이분의 마음이 항상 열려 있어서 청소년과도 충분히 친구가 될 수 있다고 믿기 때문입니다. 나이를 뛰어넘는 속 깊은 대화를 이 책을 통해 나누어 보는 것은 어떨까요.

이분의 책 제목 '혼자만 잘 살믄 무슨 재민겨'를 표준어로 옮겨 보려고 하니 도무지 글맛이 나지가 않습니다. 그냥 '혼자만 잘 살믄 무슨 재민겨'라는 제목이 딱 좋은 것 같습니다. 혹시 이 말의 뜻을 이해 못 하는 사람이 있지는 않겠지요?

토니오 크뢰거

자본주의 시대, 당신은 무엇을 위해 살고 있습니까? 예술? 아니면 돈?

한스 한젠, 네 집 정원 문 앞에서 약속한 대로 너 이제 《돈 카를로스》를 읽었느냐? 읽지 마라! 난 너한테 더 이상 그것을 요구하지 않는다. 외로워서 우는 왕이 너한테 무슨 상관이겠니? 넌 우울한 시 나부랭이를 보다가 네 밝은 눈을 흐리게 하거나 어리석은 꿈에 잠기게 해서는 안 된다. 너처럼 되고 싶구나! 다시 한 번 시작하여, 너처럼 올바르고 즐겁고 순박하게, 규칙과 질서에 맞게, 하느님과 세계의 동의를 얻으면서 자라나서, 악의 없고 행복한 사람들한테 사랑을 받으면서, 잉에보르크 홀름, 너를 아내로 삼고, 한스 한젠, 너와 같은 아들을 두고 싶구나! 인식해야 하고 창작하는 고통을 감내해야 하는 저주로부터 벗어나 평범한 행복 속에서 살고 사랑하고 찬미하고 싶구나!

《토니오 크뢰거 / 트리스탄》 98~9쪽

토마스 만, 안삼환, 민음사, 1998

청 소년 시절에는 어른들이 속물로만 보였습니다. 세상의 법칙 따위는 나와 상관없다고 생각하며 혼자서 내가 꿈꾸는 삶과 세상을 그렸습니다. 그러나 또 한편으로는 세상 누구 못지않게 성공하고 싶기도 했지요.

두 가지 망상은 모두 다 내 마음과 갈등을 일으켰습니다. 독일의 작가 토마스 만은 〈토니오 크뢰거〉에서 이런 문제를 예술가와 시민이라는 두 가지 인간상으로 압축시켜 말하고 있습니다.

학교 공부를 뒤로 미룬 채 문학에 자신의 모든 재능과 노력을 쏟는 토니오 크뢰거는, 명민하고 반듯한 한스 한젠이라는 친구의 그늘에서 자유롭지 못합니다. 아름답고 기품 있는 여자친구 리자베타로부터는 '그릇된 길에 접어든 길 잃은 시민'이라는 평가를 받기도 했지요.

예술가는 끊임없이 떠돌고 방황하면서 사회의 중심이 아닌 언저리에서 기웃거릴 수밖에 없는 슬픈 운명을 가졌다는 것이 토마스 만의 생각인 듯합니다.

예술을 포기하기에는 열정이, 안정적인 시민 생활을 버리기에는 평범한 행복이 마음에 걸려 방황하는 토니오 크뢰거라는 독일 소년을 통해 자신의 꿈을 확인해 보는 것도 나쁘지 않다고 생각합니다.

다만, 토니오 크뢰거를 실패한 인물로, 한스 한젠을 성공한 인물로 단정 짓지 말았으면 하는 부탁을 여러분에게 드립니다.

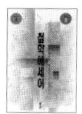

철학에세이

서슬 퍼런 군사독재 시절, 독자들이 만들어 낸 20년 스테디셀러

그런데 손오공이 물고기로 변한 경우, 이 물고기는 정말로 물고기일까요? 아닙니다. 물고기는 그가 표면상으로 몸을 감추기 위한 것이며 그 본질은 역시 손오공입니다. 평소에 당신 자신과 감정이 좋지 않던 사람이 갑자기 당신에게 웃는 얼굴로 대한다고 해서 그는 어제의 그 사람이 아닐까요? 그렇지 않습니다. 그는 역시 당신과 감정이 좋지 않은 어제의 바로 그 사람입니다. 따라서 우리는 사물의 표면만을 보아서는 안 되며 그 본질에 주의해야만 합니다. 표면적으로는 매우 다양한 모습으로 나타나지만 그 근본은 역시 동일하기 때문입니다. 이처럼 우리가 하나의 사물에 대해서 정말로 올바른 인식을 갖기 위해서는 절대로 표면만을 보아서는 안 되며 그 근본에 눈을 돌려야 합니다.

《철학에세이》 202쪽

조성오, 동녘, 1994(1983)

손오공은 그냥 원숭이가 아니었습니다. 〈서유기〉에 나오는 상상 속의 이 원숭이는 물고기도 되었다 새도 되었다 하면서 천궁과 지옥, 용궁을 안방처럼 드나들었습니다. 게다가 말썽꾸러기 손오공은 다른 사람 눈에 잘 보이지도 않는 골칫덩어리였습니다.

천궁의 병사들이 원숭이 한 마리 잡을 수 없을까 머리를 맞대고 의논하다가 비장의 무기를 하나 내 놓지요. 바로 조요경이라는 거울입니다. 손오공이 무엇으로 변신하든 조요경에 비친 손오공은 손오공이었으니, 천하의 손오공도 꼬리를 잡히지 않을 방도가 없었습니다. 자기 마음대로 세상을 놀리고 속인 손오공 발목을 잡은 것은 바로 원래의 모습을 비추는 거울이었던 것입니다.

조성오 씨는 《철학에세이》에서 현상과 본질에 관한 문제를 설명하기 위해 손오공 이야기를 했습니다. 별것 아닌 것 같지만, 어려운 철학 용어와 인식 체계를 이렇게 쉽고 재미있게 풀어쓴 책도 드뭅니다. 20년 동안 독자들의 사랑을 받은 이 책은, 독자들의 입소문으로 스테디셀러가 된 아름다운 책이기도 합니다. 한때 이 책을 읽지 않은 대학생들은 '왕따' 내지 '바보' 취급을 당했으니, 《철학에세이》의 위세가 어느 정도였는지 대충 짐작하겠지요.

게다가 이 책은 '철학' '에세이' 가 아닙니까? 철학이 선택받은 몇몇 사람들의 소유물이 아니라, 생각하는 모든 사람들의 것이라는 믿음을 조성오 씨는 이 책에서 알려 주었습니다. "우리는 너무나 오랫동안 철학사에만 매달려 왔다. 이제는 정말 '철학' 을 해야 할 때다"라며 철학하지 않는 철학자들에게 혀를 찼던 칸트도 이 《철학에세이》를 보면 아마 마음이 풀릴 것입니다. 멋 부리지 않으면서도 여운을 주는 그의 '에세이' 문장들도 이 책의 가치를 더욱더 높이지요.

지금까지 당연하게만 생각해 왔던 여러 개념들이 맞는지 틀리는지 그리고 사람이 생각한다는 것은 어떤 것인지를 이 책을 읽으면서 느껴 보세요. '닭이 먼저냐 달걀이 먼저냐' 라는 풀리지 않는 수수께끼도, 이 책 안에서는 모두 풀립니다. 그렇다고 나한테 미리 답을 알려 달라고 하면 곤란합니다. 나는 여러분이 이 책을 읽기를 바라니까요.

우리가 살면서 겪는 일 가운데 철학 아닌 게 없다고 생각하게 되었다면 여러분은 이 책을 제대로 읽은 셈입니다. 그리고, 여러분은 이미 철학자가 되었습니다.

전태일 평전

목숨을 바침으로써 영원한 삶을 얻은 아름다운 청년

억압받고 착취당하는 노동자들의 단결을 부르짖고 인간으로서의 권리를 되찾기 위하여 나서자고 호소하는 전태일을 보고 나이 든 선배 재단사들이 '바보'라고 불렀을 때 그는 단연코 '좋다, 나는 바보다' 라고 마음속으로 부르짖었다. 그것은 스스로를 비웃는 자조(自嘲)의 소리는 아니었다. 그것은 자신을 보고 바보라고 부르는 세상의 거꾸로 된 가치관에 대한 도전이었고, 자신이 가려고 하는 길이 절대로 그릇된 길이 아니라고 하는 강렬한 자기 확신의 표현이었다. 그것은 세상의 '똑똑한' 자들에 대한 불을 토하는 매도였고 세상의 '약삭빠른' 자들에게 되돌려주는 동정 어린 비웃음이었다.

《전태일 평전》 165쪽

조영래, 돌베개, 2001(1983)

부끄럽고 기가 막히지만 제발 법 좀 지키라고 세상에 호소할 방법이 분신자살밖에 없던 시절이 분명히 있었습니다. 자기 몸에 불을 붙이고 죽는다는 것은 상상만 해도 견디기 힘든 고통입니다.

그런 고통스러운 죽음을 택한 전태일의 삶을 다룬 이 책을 여러분에게 권하는 까닭은 1970년대의 사회상을 알리는 데 있지 않습니다. 바보 같지만, 누구도 할 수 없는 일을 해낸 전태일의 삶을 여러분이 가슴으로 느꼈으면 하는 희망을 나는 굳이 숨기지 않겠습니다.

전태일이 바보회를 결성하고 근로기준법을 지키라고 생명을 내놓고 외친 것은 누구나 인간다운 대접을 받아야 한다는 그의 신념에서 비롯되었습니다. 그 신념은 많은 공부나 교양이 아니라 따뜻하고 순수한 마음에서 우러난 것이라고 나는 변함없이 믿고 있습니다.

그가 세상을 떠난 지 벌써 30년이 넘게 지났지만 전태일은 아직까지도 청년으로 남아 있습니다. 그 이유가 단지 그가 청년일 때 세상을 떠나서는 아닐 것입니다. 바로 그의 순수함과 용기 때문일 것입니다.

이 책에서 느끼는 또 다른 감동은 바로 《전태일 평전》의 지은이가 조영래 변호사라는 사실입니다. 그 역시 인권 변호사로서 양심적인 삶을 살다 1990년 세상을 떠났습니다.

대학생 친구를 갖고 싶다던 간절한 소망을 전태일은 죽은 후에 이루었습니다. 지금쯤 두 사람은 우리가 알 수 없는 다른 세상에서 그들의 우정을 확인하고 있을지도 모르겠군요.

무소유

가져서 행복하기도 하지만 없어서 자유로울 수도 있다

나는 이때 온몸으로 그리고 마음속으로 절절히 느끼게 되었다. 집착이 괴로움인 것을. 그렇다, 나는 난초에게 너무 집념한 것이다. 이 집착에서 벗어나야겠다고 결심했다. 난을 가꾸면서는 산철(僧家의 遊行期)에도 나그네 길을 떠나지 못한 채 꼼짝을 못 했다. 밖에 볼일이 있어 잠시 방을 비울 때면 환기가 되도록 들창문을 조금 열어 놓아야 했고, 분(盆)을 내놓은 채 나가다가 뒤미처 생각하고는 되돌아와 들여놓고 나간 적도 한두 번이 아니었다. 그것은 정말 지독한 집착이었다.

며칠 후, 난초처럼 말이 없는 친구가 놀러 왔기에 선뜻 그의 품에 분을 안겨 주었다. 비로소 나는 얽매임에서 벗어난 것이다. 날듯 홀가분한 해방감. 3년 가까이 함께 지낸 '유정(有情)'을 떠나보냈는데도 서운하고 허전함보다 홀가분한 마음이 앞섰다.

이때부터 나는 하루 한 가지씩 버려야겠다고 스스로 다짐을 했다. 난을 통해 무소유(無所有)의 의미 같은 걸 터득하게 됐다고나 할까.

《무소유》 25~6쪽

법정, 범우사, 1999(1976)

법정 스님의 이 책은 워낙에 널리 알려진 터라 뭐라고 덧붙이는 게 사실 어색합니다. 그럼에도 이 책이 항상 읽는 이의 마음에 깊은 여운을 남기는 이유는, 알면서도 극복하기 어려운 우리의 집착 때문일 것입니다. 가져서 행복하기도 하지만 없어서 자유로울 수 있다는 말을 내가 여러분에게 자신 있게 하기는 쉽지 않은 노릇입니다.

철이 든다는 말이 있습니다. 온갖 세상사의 이치를 터득하고 하나의 사회인으로서 규범과 질서, 예의를 잘 지킬 정도로 성장했다는 뜻이겠지만, 한편으로는 순수함을 잃어버리고 생존경쟁의 자본주의적 영악함을 갖추었다는 의미로도 해석됩니다.

철이 덜 든 여러분! 그래서 내 것 많이 가지기, 내 것만 지키기를 모르는 청소년 여러분이 더 무소유에 가까이 있는 것입니다.

그러나 여러분에게 무소유를 강요하지는 않겠습니다. 다만, 청소년의 큰 이상과 포부를 간직하면서도 승패에 연연하지 않는 무소유를 여러분에게 기대한다고 고백하면 너무 부담스러운 일일까요?

그 답을 여러분과 함께 법정 스님의 《무소유》에서 찾고 싶습니다.

아리랑

죽음 뒤에 한 편의 드라마와 같은 삶이 알려진 김산 이야기

내 청년 시절의 친구나 동지들은 거의 모두가 죽어 버렸다. 민족주의자, 기독교 신자, 무정부주의자, 테러리스트, 공산주의자―수백 명에 이른다. 그러나 내게는 그들이 지금도 살아 있다. 그들의 무덤을 어디로 정해야 하는지 따위는 전혀 마음에 두지 않았다. 전장에서, 사형장에서, 도시와 마을의 거리거리에서, 그들의 뜨거운 혁명적 선혈은 조선, 만주, 시베리아, 일본 및 중국의 대지속으로 자랑스럽게 흘러 들어갔다. 그들은 눈앞의 승리를 보는 데는 실패했지만 역사는 그들을 승리자로 만든다. 한 사람의 이름이나 짧은 꿈은 그 뼈와 함께 묻힐지도 모른다. 그러나 힘의 마지막 저울 속에서는 그가 이루었거나 실패한 것이 단 한 가지도 없어지지 않는다.

《아리랑》 300~1쪽

김산·님 웨일즈, 조우화, 동녘, 1993(1984)

누구나 성공하고 싶어 합니다. 실패하고 싶은 사람은 아마 없을 것입니다. 그런 사람을 아직 만나 본 적도 없고요. 다만 성공과 실패의 기준이 각자 다를 뿐이겠지요.

명예를 추구하는 사람, 돈을 벌고자 하는 사람, 권력을 획득하고자 하는 사람, 지식을 얻으려고 하는 사람, 사랑에 목숨을 거는 사람, 예술로 승부를 거는 사람, 단란한 가정을 이루려는 사람 등등 사람이 가지고 있는 성공의 기준 혹은 삶의 목표는 같을 수가 없습니다. 양심과 열정을 조국의 운명에 모두 건 사람은 과연 무엇을 꿈꾸며 산 것일까요.

1905년에 태어나 1938년 세상을 뜬 독립 운동가이자 사회주의 혁명가 김산의 삶을 다루고 있는《아리랑》은 한 편의 드라마라고 해도 충분한 평전입니다. 님 웨일즈라는 중국통 미국 저널리스트가 김산과의 인터뷰를 바탕으로 쓴 르포 형식의 책이지요.

김산은 자신의 조국 조선의 독립과 혁명을 위해 모든 것을 중국 혁명 운동에 바쳤지만, 서른네 살의 나이에 일본 스파이라는 억울한 누명을 쓰고 처형 당했습니다. 그가 죽은 후 김산을 일본 스파이로 처형한 것은 명백한 잘못이었다는 중국 공산당의 공식적인 발표가 있었지만, 그것은 너무나 뒤늦은 일이었습니다.

그렇지만, 그의 삶이 실패했다고는 그 누구도 말할 수 없을 것입니다. 자신의 신념에 따라 당당하게 최선을 다해 산 사람은 세상의 어떤 성공보다도 값진 가치를 얻었다고 나는 믿습니다. 김산과 같이 헌신적으로 조국의 미래를 위한 삶을 택한 이들 덕분에 우리는 지금 보다 나은 세상에 살고 있는 것이겠지요.

젊은 시절 나는 이 책을 통해 김산의 삶을 접하고 깊은 감동을 받았고, 나 나름대로 그에게 부끄럽지 않은 삶을 살고자 노력했습니다. 내가 받은 감동을 여러분에게 꼭 전하고 싶을 뿐 아니라 김산을 우리 기억 속에 남겨 두는 일이라도 해야 할 것 같아 나는《아리랑》을 읽어 줄 것을 여러분에게 간곡하게 부탁합니다. 내 부탁을 여러분이 무정하게 거절하지 않았으면 좋겠습니다.

나의 라임오렌지나무

원작보다 더 감동적인 만화 속 제제를 만나 보자

제   제 : 저는 사실 아저씨께 인사를 드리러 왔어요.

뽀르뚜가 : 인사라고? 이별이라도 하겠단 말이니?

제   제 : 예…. 구박받고 매맞는 데 지쳤어요. 집에 가기 싫을 정도로…. 식구들, 아무도 만나고 싶지 않아요.

뽀르뚜가 : 그러니까… 집을 나와서 어디로 가겠다는 말이냐?

제   제 : 내내 생각했어요. 오늘 밤 망가라치바(기차 이름)에 뛰어들기로….

뽀르뚜가 : 이놈! 제제… 제발 그런 생각은 품지 마라. 네 작은 머릿속에 이토록 무서운 생각이 들어 있다니…. 그런 말은 죄가 된단다. 너는 나를 사랑하지 않니? 네가 나를 정말로 사랑한다면 그런 얘길랑 입밖에 내지 말아다오.

《나의 라임오렌지나무》 290~2쪽

J. M. 바스콘셀로스 원작, 이희재 그림, 청년사, 2003

나도 뽀르뚜가 아저씨와 같은 말을 여러분에게 하고 싶습니다. 사는 게 너무 괴롭고 힘들어도 죽는다는 생각만은 접어 주십시오. 한 번쯤 죽고 싶은 충동을 느껴 보지 않는 사람이 없지만, 그래도 우리에게는 살아야 할 이유가 분명히 있습니다.

가난한 집에서 식구들의 구박을 받으면서도 잘 커 가는 제제를 《나의 라임오렌지나무》에서 만나 보세요. 감동적인 내용이야 말할 것도 없고, 원작을 이보다 더 잘 살린 만화는 없다고 장담합니다.

유배지에서 보낸 편지

'한자가 생긴 이래 가장 많은 저술을 남긴 대학자'의 편지

아침에 햇볕을 빤하게 받는 위치는 저녁때 그늘이 빨리 오고 일찍 피는 꽃은 그 시들음도 빨리 오는 것이어서 바람이 거세게 불면 한 시각도 멈추어 있지 않는다는 것도 알아야 한다.

세상을 살아가는 사람은 한때의 재해를 당했다 하여 청운(靑雲)의 뜻을 꺾어서는 안 된다. 사나이의 가슴속에는 항상 가을 매가 하늘로 치솟아오를 기상을 품고서 천지를 조그마하게 보고 우주도 가볍게 손으로 요리할 수 있다는 생각을 지녀야 옳다.

《유배지에서 보낸 편지》 173쪽
정약용, 박석무, 창작과비평사, 2001(1991)

우 리 민족에게 사상가도 저술가도 없다는 말은 다산 정약용 선생을 제대로 알지 못하는 사람들이나 할 법한 이야기입니다. 다산 선생은 조선 후기 실학의 대표적인 사상가일 뿐 아니라, 전방위 저술가이기도 했습니다.

일찍이 정인보 선생은 "한자가 생긴 이래 가장 많은 저술을 남긴 대학자"라며 다산 선생에 대한 감탄을 아끼지 않기도 했지요.

다산 선생의 다작에 더욱 고개가 숙여지는 것은 선생이 처한 저술 환경 때문입니다. 18년의 유배 생활 동안 선생은 탄식과 좌절 대신 공부와 집필에 매진하였습니다. 말이 좋아 유배지지 사실 로빈슨 크루소가 떨어진 섬보다 나을 게 없는 환경에서 어떻게 그런 작업을 할 수 있었는지 알 길이 없습니다.

《유배지에서 보낸 편지》는 이 시절 다산 선생이 가족들에게 보낸 편지의 일부를 가려 한글로 번역한 것입니다. 다산 연구자 박석무 선생이 편역을 맡았지요. 두 분이 동시대에 살았다면 아마 더없이 돈독한 사제 관계를 맺었을 거라고 추측합니다.

다산 선생의 명저는 너무나 많습니다. 《목민심서》, 《흠흠신서》, 《경세유표》 모두 어디 내놓아도 손색없는 고전들입니다. 하지만, 이 책들은 조금 어려울뿐더러 분량도 방대해서 지금 여러분에게 권하는 것은 무리일 듯합니다.

《유배지에서 보낸 편지》는 어렵지도, 분량이 많지도 않습니다. 그렇지만 그 어떤 책에서보다 많은 지혜와 큰 감동을 얻을 수 있습니다. 게다가 다산 선생의 사회관과 인생관을 진솔하게 들을 수도 있습니다. 평범한 민중들의 삶이 나아지도록 공정하고 합리적인 사회를 만들어야겠다고 생각했던 정약용 선생은, 그 이상을 실천하기 위해 어떤 방식으로든 끊임없이 노력하였습니다.

앞에 발췌한 글을 한번 보세요. 어디 '유배지에서 보낸 편지' 라고 믿을 수가 있겠습니까. 자기도 모르게 어깨를 움츠리고 있었다면 각자 어깨부터 활짝 펴고 이 책을 읽어야겠습니다. 그 정도 기개는 있어야 이 책을 읽을 자격이 있지 않을까요.

태평천하

한바탕 웃고 나면 불현듯 느껴지는 식민지 시대 소설가의 서글픔

화적패가 있너냐아? 부랑당 같은 수령(守令)들이 있너냐? …… 재산이 있대
야 도적놈의 것이요, 목숨은 파리 목숨 같던 말세(末世)년 다 지나가고오.
…… 자 부아라, 거리거리 순사요, 골골마다 공명헌 정사(政事), 오죽이나 좋
은 세상이여…… 남은 수십만 명 동병(動兵)을 히여서, 우리 조선놈 보호히여
주니, 오죽이나 고마운 세상이여? 으응? …… 제것 지니고 앉아서 편안허게 살
태평세상, 이걸 태평천하라구 허는 것이여 태평천하! …… 그런디 이런 태평천
하에 태어난 부자놈의 자식이, 더군다나 왜지 가 떵떵거리구 편안허게 살 것이
지, 어째서 지가 세상 망쳐 놀 부랑당패에 참섭을 헌담 말이여, 으응?

《태평천하》254~5쪽

채만식, 창작과비평사, 1993(1987)

채만식은 풍자 소설의 일인자라는 평가를 받고 있습니다. 그의 소
설 〈태평천하〉를 읽다 보면 명성이 그냥 붙는 것이 아니구나 싶
지요. 판소리 한 자락 듣는 것처럼 이야기는 유장하게 이어지고, 해학
과 비판은 읽는 사람 혼을 쏙 빼놓습니다.

세상이야 어떻게 돌아가든 자기 가족만 잘 먹고 잘살면 그게 태평천
하라고 생각하고 살아온 윤직원 영감 같은 이들이 지금 없다고 말할 수
있을까요?

이 소설 읽으면서, 윤직원 영감 하는 짓이 너무 우스꽝스러워 한참을

웃다 보면 이상하게 씁쓸해지는 걸 여러분도 경험할 수 있을 겁니다. 아무렇지도 않게 비꼬아 이야기하는 작가의 목소리가 어쩐지 서글프게 느껴지는 것도 책을 덮을 때쯤 전해질 거구요.

풍자의 성과가 간접적이면서도 날카로운 비판에 있다면, 풍자의 한계는 어떻게 할 방법 없이 그저 사실을 알리기만 하는 데 있습니다. 그래서 가만히 들여다보면 냉소의 최종 대상은 바로 냉소를 보내는 사람 그 자신인 것 같습니다. 채만식도 이걸 몰랐을 턱이 없습니다.

식민지 말기를 살았던 작가 채만식은 사람들을 풍자하면서 자신의 한계와 슬픔을 나타낸 것이지요. 우리도 다른 사람들을 한없이 비웃으면서 정작 함께 변화하려는 노력을 뒤로 미루는 것은 아닌지 모르겠습니다. 윤직원 영감이 말했던 태평천하를 각자 속으로는 바라면서, 막상 그런 변화를 위해 노력하는 사람들을 경멸하고 있지나 않은지 그것도 뒤돌아볼 일이지요.

나는 이 소설을 읽을 때마다 윤직원 영감이 이후에 어떻게 되었을까 늘 궁금합니다. 저렇게 태평천하를 외치다가 혈압이 올라 쓰러지지나 않았는지, 아니면 소리 한바탕 치고 나서 아무렇지도 않게 평소처럼 욕심꾸러기 영감으로 돌아갔는지, 알 방법이 없는 결말을 혼자서 가끔씩 떠올려 봅니다.

노인과 바다

간결하고 힘찬 문장에서 느껴지는 인간 존재의 한계와 극복

노인은 바다를 둘러보고 자기가 지금 얼마나 외로운가를 알았다. 그러나 노인은 깊고 시퍼런 물 속에서 어른거리는 일곱 가지 색깔의 광채와 앞으로 쭉 뻗은 낚싯줄 그리고 잔잔한 바다의 이상한 움직임을 볼 수 있었다. 구름은 무역풍 때문에 뭉게뭉게 모여들고 있었고, 앞을 내다보니 물오리 떼가 뚜렷하게 하늘을 배경으로 물 위를 날다가는 흐려지고 또다시 뚜렷해지고 하는 모습이 보였다. 그래서 노인은 누구나 바다에서는 결코 외롭지 않다는 것을 알았다.

어떤 어부들은 조그만 배를 타고 육지가 안 보이는 곳까지 나오는 것을 몹시 두려워하고 있으니 어쩐 일일까 생각하다, 날씨가 갑자기 나빠지는 계절에는 그럴 수 있다는 것을 알았다. 그러나 지금은 태풍이 불어오는 계절이고, 태풍만 불지 않는다면 이 계절이 일 년 중에서 날씨가 가장 좋은 계절이다.

《노인과 바다(외)》 65쪽
헤밍웨이, 김회진, 범우사, 1999(1983)

낚시를 즐기진 않지만, 친구들 따라서 낚시터에 몇 번 가 본 적은 있습니다. 기다렸다가 고기 잡을 때의 기분은 느껴 보지 않은 사람은 모른다고 친구들이 말하더군요. 나는 빈 낚싯대 앞에 앉아 세월을 낚는다는 강태공 흉내만 어설프게 내다가 돌아왔습니다. 낚시꾼들의 심정을 알 것도 같고 모를 것도 같았습니다.

〈노인과 바다〉는 고기를 잡으려는 어느 노인에 관한 소설입니다. 고기 잡겠다고 나선 지 84일이 지나도록 아무런 소득도 없었던 노인은

85일째 되는 날 드디어 큰 고기 한 마리를 잡습니다. 하지만, 기다렸다는 듯 상어 떼가 몰려와 물고기의 살을 모두 뜯어먹지요. 뼈만 남은 물고기를 등에 지고 노인은 자신의 오두막집으로 돌아갑니다.

이야기가 너무 싱겁다고요? 그런데, 〈노인과 바다〉를 읽어 보면 생각이 달라질 겁니다. 84일 동안 바다만 쳐다보고 있는 노인의 모습이 지루할 것 같지만, 헤밍웨이는 특유의 속도감 있는 이야기 전개로 책장을 덮지 못하게 합니다.

1950년대 헤밍웨이의 짧은 문장에 감염된 젊은이들이 하나 둘이 아니었다고 하는군요. 전쟁 후 실존과 허무의 병에 빠져 허우적대던 당시의 젊은이들에게 헤밍웨이의 작품은 충분히 매력적이었을 겁니다.

넓고 막막하기만 한 바다 앞에서 말 없는 싸움을 벌이는 노인의 고기잡이는, 지금 읽어 봐도 쓸쓸하면서도 비장한 데가 있습니다. 어쩌면 헤밍웨이는 인간 존재의 한계와 극복을 노인의 사투를 통해 말하고자 한 것은 아닌지 모르겠습니다. 죽음이 점점 가까워 오는 한 노인이 운명과 환경에 맞서다가 절반의 성공과 절반의 실패를 거두고 집으로 터벅터벅 걸어가는 모습은, 상상만 해도 가슴을 먹먹하게 만듭니다.

나도 직접 보지는 못했지만, 〈노인과 바다〉를 원작으로 한 영화도 있습니다. 1958년에 나온 그 영화에서는 스펜서 트레이시라는 명배우가 노인 역을 맡았다고 합니다. 이 책을 읽고 그 영화 꼭 한번 보고 싶다는 친구들과 만나고 싶습니다. 못다 한 이야기는 그때 하기로 합시다.

엄마의 말뚝

아무리 세상이 변해도 변하지 않는 우리네 어머니의 모습

> 엄마는 시골에 나를 데리러 왔을 때 나무랄 데 없는 서울사람이었지만 그건 엄마의 허구였다. 엄마는 문밖에 살면서 아직은 서울사람이 못 됐다는 조바심과 열등감을 가지고 있었다. 엄마의 이런 문밖 의식을 위로하고, 문밖의 이웃을 툭하면 상종 못 할 상것 취급을 하게 하는 것이 다름 아닌 엄마가 절망하고 경멸한 나머지 배반한 시골에 둔 근거라는 건 기묘한 상관관계였다. 엄마는 그 모순된 관계에서 헤어나기는커녕 점점 더 깊이 빠져들고 있었다.
>
> 《엄마의 말뚝 — 박완서 소설전집 7》 42쪽
> 박완서, 세계사, 2002(1994)

엄마 아빠가 자식들을 통해 더 나은 삶을 기대한다는 것이 사실이 아니라고 나는 못 합니다. 하지만, 그 기대가 어떤 대가를 바라지 않는 순수하고 헌신적인 것임을 부모의 입장에서 말하고 싶은 것도 사실입니다.

기대가 순수하고 헌신적인 것과는 달리 자녀들에게 비쳐지는 부모의 모습은 때로 모순적이고 그래서 못마땅할 때도 있다는 것을 이 소설을 읽으면서 나도 인정했습니다.

〈엄마의 말뚝〉에 나오는 억척스럽기 그지없는 주인공 어머니의 모습은 시간과 공간이 바뀌었을 뿐 모든 어머니들이 가지고 있는 공통적인 모습이기도 합니다. 굳이 따지자면 이 소설에 나오는 딸이 아마도 지금 여러분의 어머니보다 조금 나이가 많겠지만요.

어머니를 다룬 소설이 동서고금에 지천으로 널려 있는데도, 내가 여러분에게 굳이 박완서 선생의 〈엄마의 말뚝〉을 권하는 것은 '엄마'와 '딸'의 관계를 이처럼 가깝고 깊이 있게 접근한 작품이 없다고 생각하기 때문입니다.

거기다 이 작품은 한국 전쟁이 개개인의 삶에 얼마나 깊은 상처를 남겼는가를 처절하게 그리고 있습니다. 작가 스스로 자신이 겪은 전쟁의 상처와 충격을 치유하기 위해 쓴 작품이라고 밝힐 정도니까요.

이 작품을 읽다 보면 6·25 세대라고 이름 붙일 만한 사람들이 있고, 그들도 할 말이 많은 세대라고 인정하게 됩니다. 모두가 자신의 세대가 가장 불행하다고 느끼는 법이지만, 뛰어난 작품은 그런 고집을 잠시 꺾게 만들기도 하지요.

단, 세대도 시절도 변했지만 우리는 변함없이 모두 저마다의 말뚝을 어딘가에 박기 위해 지금도 자리를 찾아다니고 있다는 공통점을 이 소설을 통해 발견하게 됩니다.

엄마가 박으려고 했던 말뚝이 사실은 삶의 근거라고 작가가 말할 때, 고단하더라도 말뚝을 찾아 헤매는 편이 행복하다는 걸 알았습니다. 여러분도 마찬가지겠지요?

성공하는 사람들의 아름다운 습관, 나눔

"지금 나누지 않으면 영원히 나눌 수 없다"

그러나 너희가 아무런 재산을 물려받지 못하고, 거창한 부모를 가지지 못했다 해도 전혀 기죽지 말아라. 첫출발은 언제나 초라하더라도 나중은 다를 수 있으니 말이다. 인생은 긴 마라톤 같은 것이다. 언제나 꾸준히 끝까지 달리는 사람이 인생을 잘 사는 것이란다.

더구나 인생은 그렇게 돈이나 지위만으로 평가받는 것이 아니다. 자신이 최선을 다해 인생을 살면 그것으로 충분하다.

너희는 돈과 지위 이상의 커다란 이상과 가치가 있음을 깨닫는 인생을 살기 바란다. 그런 점에서 아빠가 아무런 유산을 남기지 못하는 것을 오히려 큰 유산으로 생각해 주었으면 좋겠다.

《성공하는 사람들의 아름다운 습관, 나눔》 89쪽
박원순, 중앙M&B, 2002

유서라는 말을 어떻게 쉽게 하느냐는 사람들도 있지만, 나는 가끔씩 유서를 씁니다. 자살을 할까 말까 망설여서가 절대 아닙니다. 잘 살기 위해서 가끔 유서를 쓰지요. 유서를 쓰다 보면 마음이 겸허해지는데 이상하게 배짱도 생깁니다. '내게는 사랑하는 가족, 다정한 친구들이 참으로 많구나' 싶어 마음이 든든해지니까요. 그리고, 쓸데없이 욕심을 내지 않게 되니 마음이 겸허해지는 것도 당연합니다.

나만 그렇게 유서를 쓰는가 싶었더니 박원순 변호사는 아예 자신의 유서를 공개까지 하였더군요.

우리 시대의 인권 변호사이자 시민 운동가인 박원순 변호사는 어느 날 갑자기 새로운 재단을 하나 만들었습니다. '아름다운 재단'이라는 너무도 멋진 이름의 기부 재단이 벌써 우리 사회에 1% 나눔 운동의 바람을 불어넣었지요. 바람치고는 진짜 괜찮은 바람이 아닌가요?

박원순 변호사의 《성공하는 사람들의 아름다운 습관, 나눔》은 '아름다운 재단'을 꾸려 나가면서 만난 기부자들의 이야기가 대부분입니다. 나눔은 돈이 많아야 할 수 있는 게 아니라는 진리(?)를 이 책을 통해 다시 한 번 깨달았습니다. 지금 나눌 수 없으면 앞으로도 나눌 수 없다는 불변의 법칙도 되새겼습니다. 세상에 미뤄서 될 일이 없지만, 나눔은 하루라도 미룰 일이 아니더군요.

여러분에게 용돈 1%를 나누라고 한다면 벼룩의 간을 내먹는다고 할지 모르겠습니다. 하지만, 이 책을 한번 읽어 보세요. 다섯 살짜리 어린이도 저금통 들고 '아름다운 재단' 사무실을 찾아옵니다.

액수가 중요한 것이 아니라 나누는 생활이 중요한 것이겠지요. 책 제목에서도 알 수 있지 않습니까? 나누는 습관을 가진 사람들은 성공한다는 것을 말입니다. 이때 성공은 진정한 성공을 뜻합니다. 부와 명예만 얻은 사람이 아니라, 마음이 부자이고 사람들과 서로 잘 어울려 행복하게 사는 사람의 습관이 나눔입니다.

박원순 변호사가 유서에서 자녀들에게 남긴 말은 내가 가끔 딸들에게 하는 말이기도 합니다. 부모 마음 다 같다지만, 나와 같은 심정 가진 부모를 만나니 더욱 반갑습니다.

삼포 가는 길
아무것도 가진 것 없는 사람들이 마음을 열고 나누는 작은 희망

영달이가 뒷주머니에서 꼬깃꼬깃한 오백 원짜리 두 장을 꺼냈다.

"저 여잘 보냅시다."

영달이는 표를 사고 삼립빵 두 개와 찐 달걀을 샀다. 백화에게 그는 말했다.

"우린 뒤차를 탈 텐데…… 잘 가슈."

영달이가 내민 것들을 받아 쥔 백화의 눈이 붉게 충혈되었다. 그 여자는 더듬거리며 물었다.

"아무도…… 안 가나요?"

"우린 삼포루 갑니다. 거긴 내 고향이오."

영달이 대신 정씨가 말했다. 사람들이 개찰구로 나가고 있었다. 백화가 보퉁이를 들고 일어섰다.

"정말, 잊어버리지…… 않을게요."

백화는 개찰구로 가다가 다시 돌아왔다. 돌아온 백화는 눈이 젖은 채로 웃고 있었다.

"내 이름은 백화가 아니에요. 본명은요…… 이점례예요."

《삼포 가는 길》 223~4쪽

황석영, 창작과비평사, 2000

우리 시대의 소설가 한 명을 꼽으라는 질문을 받는다면 나는 주저없이 황석영이라고 대답할 것입니다. 여러분 중에는 소설가 황석영을 투사(鬪士)로 생각하는 친구들이 있을 수도 있겠습니다. 그의 대표 작품인 〈객지〉, 〈한씨연대기〉, 〈장길산〉, 〈무기의 그늘〉, 〈손님〉 등등은 모두 한국 사회의 모순을 짚으며 거기에 맞서고 있는 게 사실입니다.

그러나 작품 안팎으로 사회 현실과 싸워 온 황석영의 역량은 어디까지나 작품 속에 있다고 나는 믿고 있습니다. 소설을 밤새워 읽도록 하는 힘이 그의 작품에는 분명히 있습니다.

누구나 쉽게 읽을 수 있고, 언제 읽어도 이야기의 흐름이 사람을 끌어당기며, 읽으면서 평범한 사람들의 건강한 삶에 동의하게 만드는 그의 작품들이야말로 소설가 황석영을 이야기할 때 가장 앞세워야 할 것이라고 생각합니다.

그의 여러 작품 가운데서도 나는 〈삼포 가는 길〉을 가장 좋아합니다. 이 작품이 가장 뛰어난 소설인지 아닌지 그것은 잘 모르지만, 이 소설이 언제나 내 마음을 슬프고도 아름답게 만드는 것은 사실입니다. 가진 것 없고, 내세울 것 없고, 갈 곳까지도 없는 사람들이 우연인 듯 필연인 듯 동행하면서 서로에게 마음을 열고 저마다의 작은 희망을 찾는다는 이야기는 언제 읽어도 새롭고 아련합니다.

이 작품을 읽을 때마다 나는 아름다운 영화 한 편을 떠올리게 됩니다. 영화감독도 아닌 내가 이렇게 아름다운 작품을 영화로 만든다면 어떨까 하는 공상에 빠지는 것은 주책일까요? 문학이 죽었다는 말에 내가 동의하지 못하는 것은 이 작품의 영향이 큽니다.

누가 하늘을 보았다 하는가

답답한 마음이 뻥 뚫리는 것 같은, 그러면서 현실을 직시하게 만드는……

누가 하늘을 보았다 하는가

누가 하늘을 보았다 하는가
누가 구름 한 송이 없이 맑은
하늘을 보았다 하는가.

네가 본 건, 먹구름
그걸 하늘로 알고
일생을 살아갔다.

네가 본 건, 지붕 덮은
쇠항아리,
그걸 하늘로 알고
일생을 살아갔다.

닦아라, 사람들아
네 마음속 구름
찢어라, 사람들아,
네 머리 덮은 쇠항아리.
……

《누가 하늘을 보았다 하는가》 134쪽
신동엽, 창작과비평사, 1989(1979)

"**껍**데기는 가라"고 준열하게 외쳤던 신동엽 시인은 아깝게도 너무 일찍 세상을 떠났습니다. 남북 분단의 현실, 한국 사회의 혼란과 모순을 그냥 넘기지 못하고 자신의 시로 고발했던 신동엽 시인은, 날카로운 사회 비판가인 동시에 섬세한 감성의 소유자이기도 했습니다. 그분이 쓴 서정시들을 읽다 보면 우리말을 이렇게 부드럽게 쓰는 시인이 또 있을까 싶을 정도니까요.

그 이외에도 신동엽 시인은 〈금강〉이라는 서사시를 쓰기도 했고, 농촌 사회의 붕괴를 안타까워하는 시들도 많이 발표하였습니다. 시를 통해 잃어버린 향수와 사랑을 되찾으려 했고, 시를 통해 민족의 미래를 고민하였지요.

만약 누군가가 민족 시인, 참여 시인이라는 두 단어를 뜬금없이 툭 던진다면 나는 무의식적으로 신동엽 시인을 떠올릴 것 같습니다.

답답한 마음이 뻥 뚫리는 것 같은, 그러면서도 현실을 더욱 직시하게 만드는 《누가 하늘을 보았다 하는가》를 나도 오랜만에 다시 읽어 봐야겠습니다.

몽실 언니

힘겹게 살아온 우리 할머니, 할아버지의 눈물겨우면서도 따뜻한 초상화

일본이 전쟁으로 망하고 나서 우리는 해방을 맞이했다. 36년 동안의 설움을 한꺼번에 씻은 듯이, 벗어던진 듯이, 모두가 들뜬 기분으로 얼마 동안 시끄러운 세상을 살아야 했다.

만주나 일본 같은 외국으로 나갔던 사람들이 줄지어 돌아왔다. 그러나 돌아온 사람들에게, 기대했던 조국의 품은 너무나도 초라하고 쌀쌀했다. 그래서 말만으로 해방된 조국에 빈 몸으로 찾아온 그들은 살아갈 길이 없었다. 귀국동포라는 말은 라디오나 신문 같은 데에서만 쓰이고, 보통은 '일본 거지' '만주 거지'라고 불렀다.

몽실 언니도 그 거지 중의 한 사람이었다. 아직 언니라고 부르기엔 너무도 어린 꼬마 몽실이네는 아버지의 고향 근처 살강 마을 어느 농사꾼 집 곁방살이를 했다.

《몽실 언니》 양장본 5쪽
권정생, 창작과비평사, 2001(1984)

몽실이라는 이름은 듣기만 해도 어쩐지 정이 가지 않습니까? 미리 밝히지만, 나는 몽실이의 열렬한 팬입니다. 《몽실 언니》의 몽실이는 일곱 살 소녀입니다. 요즘 같으면 온 가족의 사랑을 듬뿍 받으며 어리광 피울 나이지만, 해방 직후 일곱 살이었던 몽실이가 감당해야 할 상처와 짐은 너무도 컸습니다.

해방과 전쟁 통에 어머니가 두 분, 아버지가 두 분이 되었습니다. 일

곱 살, 그것도 장애를 가진 소녀가 남의 집 식모살이를 하며 이복동생까지 키워야 했지요. 식모살이도 할 수 없을 때에는 거지 동냥이라도 해야 했습니다. 그렇지 않으면 굶어 죽으니까요. 몽실이 자신이 아니라 몽실이가 업고 있는 갓난아기 동생이 말입니다.

일곱 살 장애 소녀가 등에는 아이를 업고 동냥하는 모습을 한번 상상해 보십시오. 이 책 읽다가 눈물 한 번 쏟지 않은 사람에게는 어쩐지 인간미가 없을 것 같습니다.

어디 몽실이뿐인가요. 이 땅의 '다른 몽실 언니' 들도 숱하게 있었지요. 해방이 되었지만, 조국으로 돌아온 동포들은 거지 취급만 당했습니다. 굶어 죽는 아이들, 살기 위해 미군에게 몸을 파는 여자들, 길가에 버려진 혼혈아들, 서로 죽이는 것이 목표가 되어 버린 국군과 인민군, 모두가 슬프고 비참한 사람들이었지요.

그래도 몽실이가 착하고 꿋꿋한 마음을 끝까지 잃지 않은 것이 천만다행입니다. 착한 사람들은 바보가 아니라 강인한 사람들이라는 사실을 이 책의 주인공인 몽실이를 만나고 나면 알게 됩니다.

몽실 언니. 지금쯤 칠십에 가까운 할머니가 되었겠습니다. 우리 할머니, 할아버지의 삶이 그렇게 힘들었습니다. 가여운 우리의 몽실이가 백발의 할머니라고 해도 나는 여전히 몽실 언니의 극성 팬입니다.

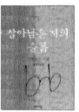

살아남은 자의 슬픔

일찍 세상을 떠난 친구가 그리울 때 읽는 시

살아남은 자의 슬픔

물론 나는 알고 있다. 오직 운이 좋았던 덕택에
나는 그 많은 친구들보다 오래 살아남았다. 그러나 지난 밤 꿈속에서
이 친구들이 나에 대하여 이야기하는 소리가 들려왔다.
"강한 자는 살아남는다."
그러자 나는 자신이 미워졌다.

《살아남은 자의 슬픔》117쪽
브레히트, 김광규, 한마당, 1999(1985)

나이가 나이이다 보니 가까운 사람들의 죽음을 벌써 여러 차례 겪었습니다. 하늘이 무너진다는 슬픔이 어떤 것인지를 사랑하는 사람들의 죽음 앞에서 뼈저리게 느꼈다고 감히 고백합니다. 모든 죽음이 그렇듯이 매번 안타깝고 억울한 심정을 누르기 힘들었습니다.

그때마다 내가 읽는 시가 브레히트의 〈살아남은 자의 슬픔〉입니다. 만나고 헤어지고 죽고 사는 일은 하늘에 달려 있다고 합니다만, 가끔씩은 냉정하게 빨리 변하는 이 세상이 착한 사람들을 죽이는 게 아닐까 생각도 합니다. 지나고 나서 생각해 보니 일찍 세상을 뜬 친구들은 한결같이 마음 여리고 순수한 사람들이더군요.

살아남아서 슬퍼만 할 것이 아니라 살아남아서 해야 할 일도 많겠지요. 먼저 떠난 친구들이 못다 한 일을 하는 것도 살아남은 사람들의 몫이 아닐까 합니다. 그리고, 그 친구들에게 부끄럽지 않은 깨끗하고 당당한 삶을 살아야 한다는 다짐도 이 시를 읽으면서 매번 합니다.

오늘따라 먼저 세상을 떠난 친구 하나가 유독 떠오르는군요. 그는 늘 남의 일을 자기 일처럼 생각했고, 다른 사람의 불행 앞에서 가만히 있지 않았습니다. 할 말을 할 줄 아는 진짜 괜찮은 예술가였습니다. 웬만한 사람들은 명함도 못 내밀 책벌레이자 명가수이기도 했지요.

그 친구 역시 브레히트를 좋아했고, 브레히트 못지않은 훌륭한 시인이었습니다. 내 친구 김남주 시인을 생각하면서 여러분에게 브레히트의 시를 권합니다.

무엇을 할 것인가

지상의 양식

카뮈나 사르트르도 큰 영향을 받았다고 고백한 지혜와 성찰의 소설

나타나엘! 그 모든 책들을 언제 우리는 불살라 버리게 될 것이냐!

바닷가의 모래가 부드럽다는 것을 책에서 읽는 것만으로는 만족할 수 없다. 나의 맨발이 그것을 느끼고 싶은 것이다. 먼저 감각이 앞서지 않은 지식은 그 어느 것도 나에게는 소용이 없다.

이 세상에서 아늑하게 아름다운 것치고 대뜸 나의 애정이 그것을 어루만져 보고 싶어 하지 않았던 것이라곤 나는 일찍이 본 적이 없다. 정답고 아름다운 대지여, 그대의 꽃핀 표면은 희한하구나! 오, 나의 욕망이 들어박힌 풍경! 나의 탐색이 거닐고 다니는 활짝 열린 고장, 물 위에 늘어진 파피루스 나무, 줄지은 길, 강 위에 휘어진 갈대들, 숲 속에 트인 빈 터, 나뭇가지 사이로 나타나는 벌판, 무한한 약속. 나는 복도처럼 바위들 또는 초목들 속으로 뚫린 길을 거닐었다. 눈앞에 전개되는 봄의 풍경을 나는 보았다.

《지상의 양식》 36~7쪽
앙드레 지드, 김붕구, 문예출판사, 1999(1973)

허무와 절망은 삶에 대한 지독한 열정과 별개의 것이 아닙니다. 앙드레 지드의 《지상의 양식》을 읽다 보면 이 역설적인 말이 거짓이 아니라는 사실에 동감할 수밖에 없을 것입니다.

동서양의 종교와 철학을 넘나들며 방황하는 청춘의 내면을 송곳으로 찌르듯이 예리하게 짚어 내는, 시에 가까운 이 소설은 내가 젊은 시절의 패기를 잃어버렸다고 생각할 때 뒤적이는 작품입니다.

나는 물론이고 카뮈나 사르트르와 같은 거장들이 자신들에게 큰 영향을 끼쳤다고 고백하는 소설이지요. 거칠 것 없는 자유와 용기는 여러분의 가장 큰 재산이 아니던가요. 그 재산을 한껏 늘려 줄 지혜와 성찰이 이 작품 속에 있다고 장담합니다.

열정과 허무 모두 책임을 동반하지 않으면 그 진정성을 인정받을 수 없다고 앙드레 지드가 이 작품에서 우회적으로 말할 때, 나는 도덕이 지루한 것이라는 고정관념을 깨뜨릴 수 있었습니다. 여러분도 내 생각에 동의하는지 궁금합니다.

잡초는 없다

"올콩은 감꽃 필 때 심고, 메주콩은 감꽃이 질 때 심는 거여"

"할머니, 콩은 언제 심어요?"

물으면서 마음속으로 틀림없이 몇 월 며칠에 심는다는 대답을 해 주실 줄로 믿고 달력을 쳐다보았다. 그러나 할머니 대답이 뜻밖이었다.

"으응, 올콩은 감꽃 필 때 심고, 메주콩은 감꽃이 질 때 심는 거여."

이 말을 듣고 나는 정신이 번쩍 났다. 그래, 책을 보고 날짜를 따져서 씨앗을 뿌리겠다는 내 생각이 얼마나 어리석은가! 지역마다 토양이 다르고 기후도 온도도 다르고 내리는 비도 바람길도 다른데, 그래서 지역에 따라 씨 뿌리는 철도 거두어들이는 철도 다를 수밖에 없는데, 마치 몇 월 며칠이라고 못을 박아야 정답인 것 같고, 다른 풀이나 나무가 자라는 시기를 기준으로 대답하면 틀린 것으로 여겨 온 내 교과서식 지식이 얼마나 잘못되었는가.

《잡초는 없다》 19쪽
윤구병, 보리, 1998

많이 배웠다는 사람들은 얄팍한 지식으로 모든 걸 해결하려 듭니다. 그러나 정확해 보이는 날짜와 온도는 사실 전혀 정확한 것이 아닙니다. 학교에서는 그냥 콩 심는 날짜만 가르쳐 주지만, 평생을 농사일 해 온 할머니는 역시 다릅니다.

콩에도 각각 저마다의 이름이 있으며, 콩만 알아서는 콩을 제대로 심을 수 없다는 것까지 철학 박사 윤구병 선생에게 따끔하게 가르쳐 주었군요. 윤구병 선생이 충격이 컸던 모양입니다. 화들짝 놀라고 깊이 반

166

성하는 모습이 이 책에 역력하게 나타나 있지 않습니까?

대학교 철학과 교수 자리를 마다하고, 변산반도 한 모퉁이에 공동체 학교를 만들어 운영하고 있는 윤구병 선생의 글은 담박한 두부 맛 같습니다. 그래서인지 공동체 마을 이야기를 담은 책《잡초는 없다》는 제목만 봐도 마음이 든든해집니다.

세상에 아무렇게나 밟아도 괜찮은 잡초는 없다는 윤구병 선생의 질긴 고집과 소신에 박수를 보내고 싶습니다. 머릿속에만 있는 지식, 입시만을 위한 교육을 비판만 하고 있는 것이 아니라 아예 보따리를 싸서 새로운 대안을 만들고 있는 이분의 실천력은 도시에서 투덜거리며 사는 우리들을 부끄럽게 만들기도 합니다.

그렇다고 이 책이 준엄하거나 엄숙하지는 않습니다. 동네 꼬마부터 연세 지긋한 어르신들까지, 소박하면서도 유머 감각 풍부한 사람들의 이야기가《잡초는 없다》에 모두 공개되어 있으니 재미를 기대해도 좋습니다.

마지막으로 윤구병 선생 이름에 대해 잠시 말씀을 드리지요. 마지막 글자는 돌림자고, 중간 글자는 태어난 순서대로 정해졌답니다. 그러니까 윤일병부터 윤팔병까지 여덟 분이 윤구병 선생의 형님들입니다. 윤구병 선생은 당신의 이름이 가장 좋다고 항상 자랑을 하지요.

이 책을 읽고 나면 잡초가 있는지 없는지 결판이 납니다. 혹시 여러분 가운데 자기 자신을 쓸모없는 잡초로 여기는 사람이 있지는 않겠지요? 하루라도 빨리 이 책을 읽고, 마음을 고치기를 당부드립니다. 이 세상에 잡초는 없습니다.

햄릿

To be or not to be······ 돈키호테와 대비되는 창백한 지식인의 전형

있음이냐 없음이냐, 그것이 문제로다.
어느 게 더 고귀한가. 난폭한 운명의
돌팔매와 화살을 맞는 건가, 아니면
무기 들고 고해와 대항하여 싸우다가
끝장을 내는 건가. 죽는 건──자는 것뿐일지니,

《햄릿》 94~5쪽
셰익스피어, 최종철, 민음사, 1998

인간을 햄릿 형과 돈키호테 형으로 나누는 것은 조금은 무모한 이분법이지만, 완전히 틀렸다고도 할 수 없습니다. 어떤 일을 하기 전에 생각을 거듭하며 신중을 기하는 사람이 있는 반면에, 일단 저지르고 뒷수습은 그때 가서 하는 사람도 있습니다.

전자가 고민하고 사색하는 햄릿 형이라면, 후자는 먼저 행동하고 직접 부딪치는 돈키호테 형이지요.

그러나 햄릿도 알고 있었습니다. 가만히 있는 것은 자는 것과 마찬가지이고, 자는 것은 곧 죽는 것이라는 사실을 말입니다.

햄릿 형을 창백한 지식인에 비유하는 데는 그 나름대로 이유가 있습니다. 분노의 감정을 삭이고 자신이 나아갈 길을 끊임없이 모색하는 것이 지식인이지만, 행동으로 연결되지 않는 모색은 공상에 지나지 않습니다. 책을 읽고 생각하는 시간은 꼭 필요하지만, 여러분 중에 생각에만 갇혀 햄릿과 같은 슬픈 운명을 가지게 될 친구가 있지나 않을지 나는 조금은 걱정이 됩니다.

그렇다고 내가 돈키호테를 옹호한다고는 생각하지 마십시오. 무조건 돌진하는 무모함을 나는 누구보다 경계하는 사람이니까요.

죽느냐 사느냐의 고민만큼, 햄릿과 돈키호테 사이에서 하나를 선택해야 하는 고민은 큽니다. 그리고 사람은 매 순간 서로 상반되는 것 가운데 하나를 선택해야 하지요.

나는 요즘도 어떤 선택의 순간에 갈피를 잡지 못할 때에는 《햄릿》을 읽습니다. 답을 찾을 때도 있고 더욱더 혼란스러워질 때도 있지만, 햄릿이 고뇌하는 장면은 언제 읽어도 인상적입니다.

《햄릿》은 책으로 읽어도 좋지만 연극으로 만나도 좋습니다. 오랜 세월 동안 세계 각국에서 많은 명배우들이 이 햄릿 역을 맡았습니다. 친구들끼리 《햄릿》으로 연극 한 편 만들어 보는 것은 어떨까요?

광장

회색이 허용되지 않는 광장과 밀실 사이의 고민, 제3의 길은 없는가

바다는, 크레파스보다 진한, 푸르고 육중한 비늘을 무겁게 뒤채면서, 숨을 쉰다.

중립국으로 가는 석방 포로를 실은 인도 배 타고르 호는, 흰 페인트로 말쑥하게 칠한 삼천 톤의 몸을 떨면서, 물건처럼 빼곡히 들어찬 동중국 바다의 훈김을 헤치며 미끄러져 간다.

석방 포로 이명준(李明俊)은, 오른편에 곧장 갑판으로 통한 사닥다리를 타고 내려가, 배 뒤쪽 난간에 가서, 거기 기대어 선다. 담배를 꺼내 물고 라이터를 켜 댔으나 바람에 이내 꺼지고 하여, 몇 번이나 그르친 끝에, 그 자리에 쭈그리고 앉아서 오른팔로 얼굴을 가리고 간신히 당긴다. 그때다. 또 그 눈이다. 배가 떠나고부터 가끔 나타나는 허깨비다. 누군가 엿보고 있다가는, 명준이 획 돌아보면, 쏙, 숨어 버린다. 헛것인 줄 알게 되고서도 줄곧 멈추지 않는 허깨비이다. 이번에는 그 눈은, 뱃간으로 들어가는 문 안쪽에서 이쪽을 지켜보다가, 명준이 고개를 들자 쏙 숨어 버린다. 얼굴이 없는 눈이다. 그때마다 그래 온 것처럼, 이번에도 잊어서는 안 될 무언가를 잊어버리고 있다가, 문득 무언가를 잊었다는 것을 깨달은 느낌이 든다. 무엇인가는 언제나처럼 생각나지 않는다.

《광장 / 구운몽》21쪽

최인훈, 문학과지성사, 1996(1976)

소설 속 주인공은 늙는 법이 없습니다. 〈광장〉의 이명준을 만날 때마다 그런 확신이 듭니다. 살아 있었으면 지금쯤 백발의 할

아버지가 되어 있을 이명준은, 작품이 발표된 지 40년이 넘은 지금도 치열하게 고민하는 청년입니다.

광장이 없는 남쪽도, 밀실이 없는 북쪽도 택할 수 없었던 1950년대의 지식인이 중립국으로 가는 배 안에서 허깨비를 보는 장면은 언제 읽어 봐도 쓸쓸하지요. 중립국은 도피처였을 뿐, 남과 북의 대안이 아니었으니까요.

나는 가치 중립적, 중도적이라는 말을 크게 신뢰하지 않습니다. 사람을 어느 쪽이냐고 몰아붙이는 것이 무서운 만큼, 중립이라는 이름 뒤에 숨어서 가려내야 할 것을 가리지 않는 것도 무서운 일입니다. 이 작품에 '비극적 현실 인식과 전망 부재'라는 이름표가 따라 다니는 것도 그 때문이겠지요.

하지만, 〈광장〉의 문학적 성취는 그 이름표를 훌쩍 뛰어넘습니다.

광장과 밀실은 사람 사는 데 모두 필요한 공간입니다. 아무리 사람들과 어울려 놀기 좋아하는 사람이라도 혼자만의 시간을 가지고 싶을 때가 있습니다. 사람들 만나기가 두렵다는 내성적인 사람도 밀실에만 있다가는 숨 막혀 죽는 게 당연한 일이지요. 광장이 타락하고, 밀실이 부패한 사회에는 아무런 희망이 없습니다.

남과 북 사이에서 갈팡질팡했던 이명준은 그런 현실 앞에서 절망했던 것이 아니었는지 모르겠습니다. 밀실을 금지하는 광장, 광장을 거부하는 밀실 어느 곳에도 마음을 붙일 수가 없었겠지요.

하긴, 우리는 모두 광장과 밀실 사이에서 허둥지둥하면서 살고 있습니다. 언제나 두 가지 인생길에서 한쪽을 선택해야 하니까요. 여러분도 지금 어떤 갈림길 앞에서 고민하고 있을지 모르겠습니다. 실업계냐 인문계냐, 혹은 이과냐 문과냐를 놓고 한참 고민하고 있을지도 모르겠습니다. 나는 여러분이 현명한 판단을 할 것으로 믿습니다.

다만, 이것 하나만은 꼭 말씀드리고 싶습니다. 이것도 싫고 저것도 싫으니 에라 모르겠다는 심정으로 모든 것을 포기하지는 마십시오. 도망치지도 마십시오. 끝까지 고민하고 최대한 많이 상의하십시오.

상의할 사람이 없어서 걱정입니까? 만약 여러분이 나를 찾아온다면 만사를 제쳐 놓고 달려 나가겠습니다. 설령 누구 하나 찾아오는 사람이 없다고 해도 실망하지는 않겠습니다. 우리는 모두 각자의 밀실에서 광장으로 나갈 채비를 차리고 있으니까요. 언젠가 광장에서 만날 날이 있을 겁니다.

우리의 '광장'과 이명준의 '광장'을 놓고 한판 토론을 벌여 봅시다. 까짓것 배 위라고 해도 뭐가 두렵겠습니까?

학문의 즐거움

공부가 전혀 즐겁지 않았던 평범한 소년이 공부에 재미를 붙이기까지

이런 경우에 부딪칠 때마다 그 아이의 명언을 소리내어 말해 본다. "난 바보니까요." 그러면 머리가 한결 가벼워진다. 눈앞이 밝아지고 마음에 여유가 생기는 것이다. 어차피 나는 바보니까 못하는 것은 당연하고, 할 수 있으면 다행이라는 생각도 든다. '나는 바보다' 라고 자기 자신을 바로잡음으로써 경직된 상태에서 해방되는 것이다.

물론 이렇게 자세를 바로잡아도 나머지 10퍼센트를 도저히 풀지 못하는 경우도 있다. 그러나 이렇게 바로 앉음으로써 사고의 에너지가 되살아나고 이제껏 경직되었던 발상이 새로워지면서 10퍼센트가 쉽게 풀린 경험도 있다.

"상대가 안 돼서 포기했어요." 하고 포기하고, "난 바보니까요." 하고 바로 앉아 보는 자세는 학문을 떠난 일상생활 속에서도 중요하다고 생각한다. 이와 같은 체념의 기술이나 바로 앉는 지혜는 큰 실수를 범한 충격에서 다시 일어서게 하는 데에도 효과적이다.

《학문의 즐거움》102~3쪽

히로나카 헤이스케, 방승양, 김영사, 2001(1992)

하 버드 대학에서 박사 학위를 받고, 그것도 모자라 수학의 노벨상이라는 필드 상까지 받은 대학자가 내놓은 책이 《학문의 즐거움》입니다.

잘난 척을 해도 정도가 있지 '학문의 즐거움' 이 뭐냐고 도끼눈을 뜰 친구들도 있겠습니다. 하지만 이 책은 학문이 전혀 즐겁지 않았던 평범한 소년이 학문에 재미를 붙이게 되는 과정을 진솔하게 담고 있습니다.

게다가 이 양반, 인생 곡절은 어찌나 많았는지 《학문의 즐거움》을 읽다 보면 아닌 게 아니라 한 편의 드라마를 보는 것 같습니다.

히로나카 헤이스케는 한때 피아니스트가 되겠다고 피아노 앞을 지키고 앉았다 결국 일어나고 만, 좌절 당한(?) 예술가라고 하는군요. 대학 입시 일주일 전까지는 밭에서 거름통을 들고 다녔답니다. 전공은 대학교 3학년 때 결정했다고 하니, 이것저것 늦어도 한참 늦게 허둥댄 사람입니다. 그는 천재형이 아니라 '노력파' '대기만성형' 입니다.

그의 인생과 그의 학문 앞에서 고개를 숙일 수밖에 없는 까닭은, 언제나 도전하고 노력하는 그의 열정에 있습니다. 자기 자신의 한계를 겸허하게 받아들이면서도, 자기가 할 수 있는 최선의 노력을 아끼지 않은 이웃나라 수학자의 책을 내가 여러분에게 권하는 까닭을 이제 살짝 짐작했겠지요?

끝까지 해보지도 않고 자신의 재능과 주위의 환경을 탓한 적이 혹시 없는지요? 꼭 한번 해보고 싶은 일을 이리 재고 저리 재다가 포기한 적은 없는지요? 여러분은 가능성 그 자체입니다. 도전하고 노력하는 사람 못 당하는 게 세상 이치지요. 행여 누군가 여러분을 무시하거든 당당하게 말하십시오. 나는 '대기만성' 할 사람이라고요.

CEO 안철수, 영혼이 있는 승부

원칙을 철저히 지키는 젊은 기업가의 분투기

회사를 경영하기 전까지 나는 나름대로 나에 대한 편견이 있었다. 어느 시기까지였는지 정확히 기억나지는 않지만, 나하고 회사 경영은 절대로 어울리지 않는다고 생각했었다. 의학을 공부할 때에도 사업이라는 말은 내겐 금기의 영역이었다. 대신 나는 "난 100% 학자 스타일이다"라고 나 자신에 대한 정의를 내렸었다. 나를 아는 주위의 모든 사람들도 같은 판단이었다.

그런데 지금 돌이켜보면 내가 잘못 판단한 부분이 있었던 것 같다. 이러한 나의 경우를 토대로 아직 직업을 정하지 않은 분들에게 해 주고 싶은 말이 있다. 자기의 감춰진 영역을 알아 가려는 노력이 중요하다는 것이다.

《CEO 안철수, 영혼이 있는 승부》 285쪽
안철수, 김영사, 2001

나는 기업인이 존경받는 사회가 발전한 사회라고 믿는 사람입니다. 개같이 벌어서 정승같이 쓰면 된다지만, 이제 정승같이 벌고 정승같이 써야 할 시대가 왔습니다. 도덕적인 명분론을 들이대자는 게 아닙니다. 기업의 신용도, 국가의 신용도가 한 나라의 경제를 좌지우지하는 때입니다. 어떻게든 한 푼 더 벌어 자기 주머니에 채워 넣겠다는 기업은 사실 내일 어떻게 될지 모릅니다. 기업이 픽픽 쓰러지는데 국가라고 멀쩡하겠습니까? 살기 위해서라도 기업과 기업인은 사람들로부터 진심으로 인정받아야 하는 것이지요.

하지만, 우리 사회에서 재벌을 비롯해 기업인의 평판은 안팎으로 좋지 못한 게 사실입니다. 그 일차적인 책임은 기업인 자신에게 있습니다. 그동안 우리 기업들은 대부분 투명성을 확보하지도, 이윤을 사회에 환원하지도 않았으니까요. 그렇다고 해서 희망이 전혀 없는 것은 아닙니다.

안철수바이러스연구소의 안철수 소장이 쓴 이 책을 읽으면서 나는 참 기분이 좋았습니다. '사장'이 아닌 '소장'을 고집하는 안철수 씨의 '연구소 만들기' 과정이 이 책에 생생하게 담겨 있기 때문이지요. 기업의 원칙을 제대로 세우고, 그것을 지키려는 젊은 기업가의 이야기는 신선하면서도 잔잔한 감동을 느끼게 했습니다.

장래가 보장된 의사의 길을 과감하게 접고 벤처 기업을 만들겠다고 나섰을 때, 안철수 씨의 성공을 점친 사람은 몇 안 되었습니다. 밤잠 설치다 쓰러져 가면서까지 그가 새롭게 도전한 분야는 자타가 공인하는 '금기'의 영역이었더군요.

그렇지만, 그는 한 발씩 차곡차곡 앞으로 나아갔습니다. 투명한 기업을 만들겠다는 원칙 때문에 위태로울 때도 있었지만 그는 고집을 꺾지 않았습니다. 안철수 씨의 고집은 옳았고, 무엇보다 현명했습니다. 여러분이라고 못할 이유가 하나도 없습니다. 이 책을 읽고 자신의 영역을 더 넓혀 보세요. 안철수 씨의 말처럼 말입니다.

빌 게이츠를 꿈꿀지도 모르는 여러분에게 나는 우선 안철수 씨의 책을 권하고 싶습니다. 이 책을 읽고 나면, 여러분도 나처럼 안철수 씨가 '한국의 빌 게이츠'라고 불리는 것이 부당하다고 생각하게 될 겁니다. 나는 빌 게이츠보다 안철수 씨가 한 수 위라고 믿거든요.

깜빡 잊어먹을 뻔했습니다. 이 책을 보니 안철수 씨는 '책 예찬론자' 이더군요.

젊은 예술가의 초상

종교와 예술 사이에서 방황하는 디덜러스, 우리 자신의 초상화

"이봐, 크랜리" 그가 말했다. "너는 내게 내가 무엇을 할 것이며, 무엇을 하지 않을 것이냐만 물어왔어. 내가 무엇을 할 것이며 무엇을 하지 않을 것인지를 말해 주마. 내가 믿지 않게 된 것은, 그것이 나의 가정이든 나의 조국이든 나의 교회든, 결코 섬기지 않겠어. 그리고 나는 어떤 삶이나 예술 양식을 빌려 내 자신을 가능한 한 자유로이, 가능한 한 완전하게, 표현하고자 노력할 것이며, 내 자신을 방어하기 위해서는 내가 스스로에게 허용할 수 있는 무기인 침묵, 유배(流配) 및 간계를 이용하도록 하겠어."

《젊은 예술가의 초상》 379쪽

제임스 조이스, 이상옥, 민음사, 2001

스티븐 디덜러스라는 청년이 있습니다. 정치와 종교 문제로 뒤숭숭한 아일랜드에서 태어난 마음 여린 친구입니다. 이 청년의 유년기 시절부터 대학 시절까지의 이야기를 담은 소설이 《젊은 예술가의 초상》입니다.

제목이 예사롭지 않지요? 소설 속 주인공 이름은 스티븐 디덜러스이지만, 작가인 제임스 조이스의 이름으로 바꿔 놓아도 별 무리가 없습니다. 출간 당시부터 지금까지 이 소설은 제임스 조이스의 자전 소설로 평가받고 있습니다. 작가 자신도 인정한 부분이지요.

종교적 죄의식에 시달리면서도 예술에 대한 강한 열정을 주체하지

못해 방황하는 청년 디딜러스의 이야기는 누구에게나 한 번뿐인 아름다운 젊은 시절을 떠올리게 합니다.

이 작품을 읽기는 그렇게 녹록하지 않습니다. 제임스 조임스가 '의식의 흐름'이라는 새로운 소설 기법을 이 작품에 도입했기 때문입니다. 특별한 사건 하나 없이 심리 변화 상태를 상세하게 묘사한 '의식의 흐름'을 읽다 보면 지루할 때도 있습니다. 하지만, 끝까지 그 흐름을 따라가며 읽고 나면 작가의 정교한 세계관을 알 수 있게 됩니다. 그때의 짜릿한 기쁨이 책 읽는 맛이겠지요. 독서의 매력이야 하나 둘이 아니지만, 이런 쾌감도 절대 빠질 수 없습니다.

이 책의 또 다른 매력은 주인공 디딜러스가 자신의 운명과 맞서는 대목에 있습니다. 그가 '오라 삶이여!'라고 외치면서 자기 자신을 짓누르는 두려움을 벗어 버리는 장면은 언제 봐도 가슴이 후련해집니다.

아무것도 두려울 게 없는 그 당당함이야말로 젊은이들의 가장 큰 밑천이지요. 나약해 보이고 내성적인 청년 디딜러스가 자신의 예술을 위해 방랑자의 길을 택했을 때의 비장한 모습도 내게는 오랜 세월 동안 남아 있습니다.

여러분도 때때로 자신의 모습을 정리해 보면 좋을 겁니다. 자화상을 그려도 좋고, 제임스 조이스처럼 소설을 써도 좋습니다. 자기 자신을 비추어 보는 행위를 통해 여러분은 자신의 진정한 내면의 모습을 발견하게 될 것입니다. 그 모습이 비록 추하다 할지라도 고개를 돌리지 말고 자신의 모습과 정면대결을 하십시오.

여러분 때에는 모두 누구나 예술가입니다. 이 소설을 읽으면서 저마다의 '젊은' '예술가'의 '초상'을 한번 그려 보길 바랍니다. 소설을 다 읽고 난 후에는 벌써 여러분 정신의 키가 한 뼘은 더 자라 있을 것입니다.

파인만 씨, 농담도 잘하시네!

능률과 효율만이 과학은 아니다, 때로는 낭비할 줄도 알아야 한다

하루는 젊은 율법학자 두세 명이 내게 와서 말했다

"우리는 현대 세계에서 과학을 모르고 랍비가 될 수 없다는 것을 알았습니다. 그래서 교수님께 몇 가지 질문을 하고 싶습니다."

물론 과학에 대해 배울 곳은 많고 많았고, 컬럼비아대학도 가까이 있었다. 하지만 나는 그들이 어떤 문제를 궁금해하는지 알고 싶었다.

그들이 말했다

"예를 들어, 전기는 불입니까?"

"아닙니다. 하지만…… 그게 왜 문제가 됩니까?"

그들이 말했다.

"탈무드에 따르면, 우리는 토요일에 불을 쓸 수 없습니다. 그래서 문제는, 우리가 토요일에 전기를 사용해도 됩니까?"

《파인만 씨, 농담도 잘하시네!》제2권 187쪽
리처드 파인만, 김희봉, 사이언스북스, 2000

아인슈타인과 맞먹는 20세기의 대표적인 물리학자 파인만은 양자역학 이론을 재정립하고 노벨 물리학상을 받았습니다. 실험실에서 근엄하게 연구만 했을 것 같은 이 세계적인 물리학자는 금고털이부터 악기 연주자, 화가 등등 안 해본 것 빼놓고는 다 해봤더군요.

어린 시절부터 상식을 뛰어넘는 사고와 행동으로 주위 사람들을 놀라게 했던 파인만은, 남들이 뭐라고 하든 자기가 하고 싶은 일을 했습니다. 그는 접시를 한꺼번에 나르는 획기적인 방법을 만들겠다고 접시를 옮기다 왕창 깨 먹기도 한 못 말리는 소년이었습니다. 간단한 수학 공식 하나도 이리저리 응용한다며 하루 종일 붙들고 있었던 고집불통 학생이기도 했지요. 이런 괴짜를 혼자 알기가 아까웠던지, 파인만의 절친한 친구인 랄프 레이튼이 파인만의 일생을 담아 책을 냈습니다. 이 책을 유명 인사의 뒷소문이나 밝힌 책으로 보는 사람도 있습니다만, 나는 절대 그렇게 생각하지 않습니다.

매일 노는 것 같은 친구가 공부 잘 하는 것이 신기하듯이 파인만 역시 덜렁덜렁거리며 사고만 치고 다니면서 어떻게 저런 업적을 쌓을 수 있었을까 궁금합니다. 거기다 인문·사회·예술 등 다방면에 걸친 그의 폭넓은 지식도 또 하나의 풀리지 않는 수수께끼입니다. 하지만, 책을 끝까지 읽으면서 알았습니다.

《파인만 씨, 농담도 잘하시네!》에는 파인만이 저지른 재미있는 사건(?)들로 가득하지만, 한 페이지라도 과학과 동떨어진 이야기가 없습니다. 장난을 쳐도 대화를 나눠도 파인만의 중심에는 과학, 더 구체적으로는 물리학이 있었던 것이지요. 파인만은 무슨 일이든 그냥 넘어가지 않았습니다. 나는 그것이 그의 성공 비결이라고 봅니다. "사물을 가지고 노는 것은 쉽다. …… 내가 노벨 상을 받게 된 그림(파인만 다이어그램)을 비롯한 모든 업적은, 흔들리며 날아가는 접시를 생각하며 시간을 낭비한 일에서부터 나왔다"라고 스스로 고백하지 않았습니까.

여러분도 지금 '낭비' 하지 않으면 아무것도 얻을 수 없습니다. 누구나 무모하다고 생각하는 일, 손해 본다고 생각하는 일에 '투자' 하고 '낭비' 하는 사람이 파인만을 뛰어넘을 수 있습니다. 그런데, 책 제목이 왜 '파인만 씨, 농담도 잘하시네!' 인지 궁금하지 않으십니까? 긴 말이 필요 없습니다. 한번 읽어 보십시오.

단순한 기쁨

프랑스 사람들이 가장 사랑하는 신부님, 베풀며 살아온 기쁨의 세월

사실 우리는 모두가 같은 목표, 즉 행복을 추구한다. 진짜 문제는 어떤 방법을 선택하느냐이다. 모든 인간은 그가 어떤 시대, 어떤 조건, 어떤 문화 속에서 생활하건 두 가지 길 가운데 선택하게 마련이다. 타인들 없이 행복할 것인가 아니면 타인들과 더불어 행복할 것인가. 혼자 만족할 것인가 아니면 타인과 공감할 것인가. 매일 아침 새롭게 다짐해야 할 이 선택은 그 무엇보다 근본적인 것이다. 그 선택이 우리의 삶의 실체를 결정짓고 우리를 만든다.

《단순한 기쁨》 181쪽

피에르 신부, 백선희, 마음산책, 2001

무려 17번이나 프랑스 사람들이 가장 사랑하는 인물 1위로 뽑힌 아베 피에르 신부. 그는 전 세계 44개 국, 350개 단체가 활동하고 있는 빈민 공동체 '엠마우스(Emmaus)'를 창시한 사람입니다.

피에르 신부는 열아홉 살 되던 해 수도원으로 들어갔습니다. 혼자 수도하기 위해서가 아닙니다. 기쁜 마음으로 한평생을 살고 싶었기 때문입니다.

그는 2차 세계 대전 당시에는 레지스탕스로 활약했으며, 전쟁 직후에는 국회의원으로 활동했습니다. 1949년에 집 없는 사람들, 부랑자, 전쟁고아들의 안식처를 만들어 공동체를 이끌어 나갔지요. 그러는 한편 실업과 빈민이라는 사회 문제를 끊임없이 제기하기도 했습니다.

피에르 신부는 자신이 누군가를 위해 희생한다고 생각하지 않았습니다. 항상 다른 사람과 함께하면서 기쁨을 느끼고자 했지요.

피에르 신부의 일생이 담긴 이 책을 읽고 나면 기쁨과 행복이 거창하지 않다는 사실을 온몸으로 느끼게 될 것입니다. 다른 사람을 먼저 배려하고 아끼면서 함께할 때 기쁨은 눈덩이처럼 불어나더군요. 피에르 신부가 빈민 공동체를 세우고 평생을 그곳에서 산 것도 엠마우스에 있으면 기쁘고 행복했기 때문입니다.

내 것을 남과 나누고 내 힘을 남에게 보태 줄 때 느끼는 그 '단순한 기쁨'을 여러분도 한번 느껴 보기 바랍니다. 사르트르는 '타인은 지옥'이라고 했습니다. 하지만 피에르 신부는 보란 듯이 "타인들과 단절된 자기 자신이야말로 지옥"이라고 당당하게 말했습니다.

한때는 사르트르의 말이 멋있어 보였지만, 아무리 생각해 봐도 피에르 신부의 말이 맞는 것 같습니다. 여러분은 어떻게 생각하는지요?

나는 박물관에서 인류의 꿈을 보았다

책 한 권으로 세계 곳곳의 박물관을 만나다

이내 나 자신이 우물 안 개구리에 지나지 않는다는 것을 알아차렸다. 저렇게 넓은 세상을 두고서 코앞에 닥친 작은 것들에 버둥거리곤 했으니. 그래서 문명과 역사가 시작된 원점에 서서 인간이란 도대체 어떤 존재이며, 그들이 그동안 이룩해 놓은 역사란 대체 어떤 것이며, 또 무슨 의미가 있는지를 스스로 규명해 보자고 생각하게 됐다. 거창하게 말해서 몸소 인류사를 더듬어 보고자 결심한 것이다.

《나는 박물관에서 인류의 꿈을 보았다》 12~3쪽

권삼윤, 고래실, 2002

박물관, 시장, 서점……. 한 나라의 과거 · 현재 · 미래를 알 수 있는 곳들입니다. 시장과 서점은 그렇다 치고 재미없는 박물관이 끼어든 게 불만인 사람도 있을 테지요. 하지만, 재미라는 것도 한번 느끼기 시작하면 가속도가 붙습니다.

이 책의 저자인 권삼윤 선생도 그런 분이지요. 20년 전 유럽 출장을 갔다가 우연히 영국 자연사 박물관에 들른 그는 깜짝 놀랐습니다. 박물관을 모르고서는 영원한 '우물 안 개구리' 가 되겠다는 생각을 하게 된 거지요.

그때부터 권삼윤 선생은 각 나라의 박물관을 찾아다녔습니다. 유럽과 미국은 물론이고, 남미와 아프리카까지 박물관이라는 박물관은 모두 찾아다녔더군요.

결국 권삼윤 선생은 문명비평가라는 직업으로 인생의 방향을 바꿉니다. 각국을 여행하면서 그 나라의 문화와 문명의 기원을 밝히는, 우리 시대 꼭 필요한 일을 하고 있지요. 이분의 책을 읽을 때마다 편견 없이 한 나라의 문화를 받아들이는 열린 시각에 탄복하곤 합니다.

물론 이 책의 백미는 뭐니 뭐니 해도 세계 각 나라의 박물관을 구경할 수 있다는 점입니다. 책은 직접 할 수 없는 것을 대신 해 주기도 합니다. 지금 당장 박물관에 가고 싶지만 도저히 갈 수 없을 때, 이 책을 통해 한다 하는 세계 각지의 박물관을 만날 수 있습니다.

또 한편으로 책은 시행착오를 줄이게 해 줍니다. 아무것도 모르고 박물관에 가서 들어가기 바쁘게 나오고 나면 남는 것이 아무것도 없습니다. 이 책을 꼼꼼하게 읽고 가면 헛걸음하지 않을 것이라 장담합니다.

나 역시 박물관에서 인류의 자취와 한 국가의 문화적 역량을 알 수 있다고 믿습니다. 박물관에 전시된 수많은 유적과 유물들은 엄청난 인력과 자본의 뒷받침 없이는 불가능합니다. 그 때문에 강대국의 유명 박물관들이 문화를 독점하고 있다는 비판을 종종 받는 것도 전혀 과한 것은 아닙니다.

하지만, 세계적인 박물관에서 배워야 할 점도 많습니다. 박물관 운영은 그 나라 문화 수준을 대변하니까요. 그 나라에 뛰어난 문화 행정가가 얼마나 많은지를 알 수 있는 지름길이기도 하지요.

마지막으로 박물관에 대한 내 생각 하나를 말씀드리겠습니다. 나는 큰 박물관도 좋지만 우리가 작은 박물관을 꾸준히 만들어 갔으면 좋겠다는 주장을 갖고 있습니다. 그러기 위해서는 다양한 분야의 수집가와 기부자가 하나 둘 나타나야 하겠지요. 박물관을 맡아서 꾸려 나갈 실력 있는 살림꾼들도 많아야 가능한 일입니다.

여러분 가운데 자기가 정말 좋아하는 것으로 나중에 작은 박물관 하나 만들 사람 없습니까? 박물관 살림을 맡아 멋지게 한번 운영해 보고 싶다는 예비 박물관장도 숨어 있을 테지요. 나에게도 박물관에 기증할 비장의 무기가 하나 있습니다. 바로 60년대의 잡지들입니다. 지금 이 자리에서 그 목록을 일일이 밝힐 수는 없지만, 좋은 주인을 만나면 그 자리에서 바로 내놓을 작정입니다. 좋은 주인이야 물론 좋은 박물관이지요.

권삼윤 선생의 말처럼 좋은 박물관에서는 우리의 꿈을 찾을 수 있습니다. 책도 읽고, 박물관도 알고, 꿈도 찾을 수 있습니다. 우선은 책부터 읽는 게 순서가 아닐까요?

스무 편의 사랑의 시와 한 편의 절망의 노래

운명으로 다가오는 삶을 당당하게 응시하라

詩

그러니까 그 나이였어…… 시가

나를 찾아왔어. 몰라, 그게 어디서 왔는지,

모르겠어, 겨울에서인지 강에서인지.

언제 어떻게 왔는지 모르겠어,

아냐, 그건 목소리가 아니었고, 말도

아니었으며, 침묵도 아니었어,

하여간 어떤 길거리에서 나를 부르더군,

……

《스무 편의 사랑의 시와 한 편의 절망의 노래》 117쪽

파블로 네루다, 정현종, 민음사, 2000

시인은 누구나 될 수 있다고 믿지만, 파블로 네루다의 이 시를 읽
으면 꼭 그렇다고도 말 못 하겠습니다.

칠레의 대시인 네루다는 시인이면서 외교관, 정치인이었습니다. 그
래서일까요. 네루다의 시는 매우 역동적입니다. 게다가 스케일은 얼마
나 큰지 그의 시를 읽다 보면 가슴이 뻥 뚫리는 것 같습니다. 남성적이
고 선 굵은 작품들이 그에게는 많지만, 또한 섬세하지 않으면 도저히
쓸 수 없는 뛰어난 작품 역시 많습니다.

그러나 기죽을 필요는 없습니다. '그 나이'가 정해져 있는 것은 아니니까요. 네루다는 19세 때 '스무 편의 사랑의 시와 한 편의 절망의 노래'라는 매력적인 제목으로 첫 시집을 내고 수많은 독자들을 사로잡았지만, 꼭 열아홉에만 가능한 일은 아니라고 나는 스스로를 위로하고 있습니다.

또 꼭 시가 아니면 어떻습니까. 각자 자신이 좋아하고 재능을 가지고 있는 분야에서 두각을 드러낸다면 네루다에게 조금도 기죽을 필요가 없습니다.

하지만, 네루다의 시처럼 피할 수 없는 운명으로 다가오는 자신의 삶을 정면으로 응시하는 당당함은 결코 그에게 뒤지지 않아야 한다고 말해 주고 싶습니다.

내 친구 빈센트

노력은 어떤 재능보다도 뛰어나고 값지다

다시 묻는다. 그는 타고난 천재 화가였던가? 아니다. 그에게는 보통 사람들이 가지는 정도의 그림 재주도 없었다. 그는 단지 세상에서 가장 비참한 상황에 놓인 광부들에 대한 일체감에서 그림을 그리기 시작했다. 그때가 스물여덟이었다. 그제서야 겨우 데생 공부를 시작했다. 그러나 서투르기 짝이 없었다. 그리고 10년 세월, 그는 해가 떠서 질 때까지 그림만 그렸다. 나는 다른 전기들이 왜 이 점을 무시하는지 모르겠다. 그는 결코 천재가 아니었다.

《내 친구 빈센트》226쪽
박홍규, 소나무, 1999

빈센트 반 고흐는 우리에게 광기의 천재 화가 정도로 알려져 있는 게 사실입니다. 정신착란으로 자신의 귀를 잘랐다는 일화는 고흐를 특별하다 못해 무섭기까지 한 화가로 떠올리게 합니다.

하지만, 우리가 알고 있는 고흐의 삶과 그림은 모두 사실일까요? 박홍규 선생은 광기의 천재 화가를 왜 친구라고 말할까요? 고흐의 전기는 이미 수없이 많이 나와 있지만, 기존 평전의 문제점을 짚어 나가면서 고흐의 삶을 최대한 사실적으로 조명한 책으로는 《내 친구 빈센트》가 최초이자 최고라고 감히 생각합니다.

박홍규 선생은 고흐를 화가이기 이전에 소박하고 마음 여린 한 인간으로 보았습니다. 고흐가 그림을 그리고, 화가가 되고, 사람을 만나고,

세상을 바라보는 그 과정에 초점을 맞춘 것이지요. 고흐 그림 특유의 강한 터치는 일반 노동자들도 그림을 그릴 수 있는 방법을 고심했던 그가 내놓은 '초고속 터치'였습니다.

그림은 그것을 좋아하는 사람 모두에게 열려 있어야 한다고 믿었고, 화가 아닌 이들도 붓을 들고 자신의 재능과 상상력을 발휘할 수 있는 세상이 되기를 바랐던 고흐를, 박홍규 선생은 아나키스트(무정부주의자)였다고 과감하게 얘기합니다.

나 역시 그 주장에 동의합니다. 손끝이나 머리로 그리는 그림이 아니라 생활에서 출발해서 인간으로 귀결되는 그림을 그리고자 했던 고흐의 예술관은 그 어떤 이론보다도 나를 감동시킵니다.

재능도 후원자도 없이 오직 노력과 우직함, 열정으로 화가의 길을 걸었던 고흐는, 정말이지 천재가 아니었습니다. 노력이 어떤 재능보다도 뛰어나고 값지다는 사실을 고흐의 삶을 통해 다시 한 번 확인하게 됩니다. 가난도, 무능도, 세상 사람들의 멸시도 고흐의 열정과 노력 앞에서는 모두 무의미했지요.

여러분도 고흐와 친구가 될 의향이 없는지요.

깊은 밤 그 가야금 소리

들을 땐 가슴 깊이 여운을 남기고 듣고 나면 심신이 맑아지는 우리 음악

가야금 소리를 크게 하기 위하여 그 줄을 서양의 하프나 일본의 고도(箏)처럼 강하게 조이면 줄이 단단해져서 가야금의 특징인 농현(왼손으로 줄을 눌러서 완전 4도 높은 음까지 변화시키는 다양한 연주 기법)을 제대로 할 수 없게 된다. 또한 가야금 본래의 명주실로 꼰 줄을 쇠줄로 바꾸면 그 음색이 금속성으로 변함은 물론이다. 가야금의 공명통을 개량하여 음량을 크게 개선할 수 없다는 것은, 서양의 어느 현악기도 가야금과 같이 명주실로 된 줄을 걸고 뜯으면 가야금 소리보다 결코 크지 않다는 것만으로도 쉽게 입증된다.

《깊은 밤 그 가야금 소리》141쪽

황병기, 풀빛, 1994

국악만 들으면 잠이 온다는 사람들이 있더군요. 밋밋하고 지루한 소리를 무슨 재미로 듣느냐고 묻는 사람도 만난 적이 있습니다. 그냥 웃을 수밖에 달리 대답할 말이 없더군요. 하지만 안타까운 마음은 쉽게 사라지지 않았습니다.

가야금, 거문고, 대금, 아쟁, 해금 등 우리 악기의 소리를 가만히 한 번 들어 보십시오. 황병기 선생의 책 제목처럼 깊은 밤에 들으면 더할 나위 없이 좋겠지요. 나는 일주일에 한두 번 집에서 그런 시간을 꼭 가집니다. 우리 음악은 지루하지도 어렵지도 않습니다. 잔잔하면서도 가슴 깊이 여운을 남기는 힘이 있지요. 듣고 나면 몸과 마음이 맑아지는 마력을 느낄 수 있습니다.

하지만, 우리 역사는 음악 하는 사람을 대접할 줄 몰랐습니다. '딴따라'라는 말로 그들을 우습게 봐 왔습니다. 그러니 누가 우리 악기를 다루려고 했겠습니까. 듣는 사람도 없는데다가, 아주 대놓고 천한 사람취급을 했으니 좋은 인재들 다 떨어져 나가는 건 시간 문제였습니다.

유럽에 갔을 때, 그들의 길거리 악단을 얼마나 부러운 눈으로 쳐다봤는지 모릅니다. 골목길 모퉁이에는 어김없이 악기를 연주하는 사람들이 있었습니다. 그리고, 그들의 음악을 열심히 서서 듣는 청중도 있었지요. 연주하는 사람, 듣는 사람 누구 할 것 없이 그 자리에서 음악회를만들었습니다. 나중에 알고 보니 연주자들은 대부분 음반 한두 장 이상씩을 낸 전문 음악가들이더군요.

예술의 저변 확대는 그렇게 시작되는 게 아닌가 싶었습니다. 그렇지만, 우리는 연주할 장소도 듣는 사람도 제대로 갖추지를 못했습니다. 오직 연주하는 사람만이 외롭고 쓸쓸하게 자기 길을 갔을 뿐이지요.

그래도 황병기 선생 같은 분이 있으니 늘 감사하는 수밖에요. 연주와작곡 그리고 이론을 구슬 꿰듯 꿰어 온 선생의 음악 세계는 넓고도 깊습니다. 이분의 연주를 듣고 우리 음악에 푹 빠져 버린 유럽 사람, 미국사람이 수도 없이 많다고 하더군요. 어디 그뿐인가요. 국악에는 학문적체계가 없다는 얼토당토않은 이야기를 황병기 선생은 이 책에서 일축하고 있습니다.

《깊은 밤 그 가야금 소리》에는 황병기 선생이 살아온 이야기부터 가야금 구조에 대한 설명에 이르기까지 은은하고도 깊이 있는 글들이 가득 차 있습니다. 한밤중에 곶감 빼먹는 흐뭇한 즐거움을 여러분은 이책을 읽는 동안 느낄 수 있을 겁니다. 이 책을 읽고 나서 황병기 선생의연주를 듣고 싶어 하는 사람이 많아지면 좋겠습니다.

당신들의 천국

내가 바라는 천국이 과연 다른 사람에게도 천국일 수 있을까?

원장님의 천국은 이룩되어질 수도 없는 것이며, 이룩되어져서도 안 될 것입니다. 원장님으로 인해 원생들의 그 오마도 농장을 이룩해 나간다 해도 그 역시 출소록의 길이 아니라 또 하나의 더욱더 완벽하고 안심스런 저들의 울타리가 될 것이기 때문입니다. 떳떳하게 섬을 나가 주십시오. 원장님이 아니더라도 누군가가 또 그것을 원장님 대신 실현해 내고자 할 사람이 나타나리라는 협박은 말씀하지 마십시오. 그때 또 그런 사람이 나선다 하더라도 그것은 이미 원장님의 일은 아닐 것입니다. 원장님께서 저들의 천국을 원하신다면, 이 섬의 진정한 주인이어야 할 저들에게도 그들 스스로 자기들을 시험해 볼 기회를 주십시오.

이 섬은 원장님이 아니면 안 된다는 원장님만이 이 섬을 위하고 원장님에게서만이 진실로 그 천국이 가능하며 원장님만이 오직 선이라는 그 오만스런 독선이야말로 오히려 이 섬을 사람의 천국이 아닌 추악한 문둥이들의 수용소로 만들어 갈 뿐일 것입니다. 무엇보다도 원장님은 결국 이 섬이나 섬의 환자들과는 운명을 서로 섞을 수가 없는 처지이기 때문입니다.

《당신들의 천국》405쪽

이청준, 문학과지성사, 1996(1976)

종교가 있는 사람만 천국을 꿈꾸는 것은 아닙니다. 운명과 현실을 있는 그대로 받아들이고 체념하면서 살기에는 인간의 꿈이 너무 큽니다. 그러나 천국을 바라는 마음이 같을 뿐 저마다 꿈꾸는 천국의 모습은 다릅니다.

내가 바라는 천국이 다른 사람에게도 천국일지는 아무도 장담할 수가 없습니다. 그럼에도 우리 인간은 나의 천국이 다른 이에게도 천국일 것이라 착각하는 경우가 많습니다.

때로는 다른 이를 위한다는 명목으로 그것을 강요하기도 합니다. 사랑과 배려, 집착과 강요가 우리 인간에게는 복잡하게 얽혀 있지요. 사랑과 갈등, 화해와 용서도 마찬가지입니다.

천형(天刑)을 받았다는 나환자들의 섬 소록도에서 천국을 만들려는 젊은 의사는 나환자가 아닙니다. 천국도 지옥이라고 생각하는 나환자들의 천국을 만들겠다고 들어온 야심에 찬 의사는, 그 천국의 주인이 될 나환자들의 천국이 무엇인지 그것을 먼저 생각하지 않았습니다.

그러나 이 작품의 압권은 진땀 나는 갈등이 아주 조금씩 풀려 간다는 데 있습니다. 천국은 의욕이나 카리스마만으로 이루어지는 것이 아니라고 작가는 소리 없이 말하고 있지요.

《당신들의 천국》에서 천국은 완성되지 않은 채로 끝나지만 어쩌면 언젠가는 천국이 만들어질 수도 있다는 가능성을 암시하고 있습니다. 읽다 보면 이 소설의 소록도가 폐쇄적이고 암울했던 1970년대 한국 상황을 반영한 것이 아닌가 하는 생각도 듭니다.

천국은 다 지어 놓은 아파트에 입주하는 것이 아니라 어떻게 집을 만들어 갈 것인가 함께 고민하고 대화하면서 서로를 이해하는 과정이라는 사실을, 이 소설은 깊은 감동과 함께 전합니다. 여러분도 이 작품을 통해 자신이 바라는 천국을 점검해 보는 것이 어떨까요.

베토벤의 생애

감동은 위대한 결과에 있는 것이 아니라 고난을 극복하는 과정에 있다

내가 다른 직업을 가졌다면 그나마 어떻게 될 수도 있으련만. 내 직업으로는 이것은 무서운 처지네. 나의 적들이 무어라고 하겠는가! 그것도 적잖은 수의 적들이! …… 극장에서 배우의 말을 알아들으려면 나는 오케스트라 바로 뒷자리에 앉아야만 하네. 조금만 멀리 떨어져 있어도 악기나 목소리의 높은 음이 들리지가 않네. …… 그러나 또 고함을 지르는 소리에는 몸서리가 쳐지네……
내가 얼마나 여러 번 나의 존재를 저주하였는지 모르네!

《베토벤의 생애》 33쪽
로맹 롤랑, 이휘영, 문예출판사, 1998(1972)

《베토벤의 생애》를 읽다 보면 사는 게 힘들다는 말을 도저히 할 수가 없습니다. 생각해 보세요. 음악가에게 귀가 들리지 않는다는 것은 아무런 출구가 없는 절망의 끝이 아닙니까. 이 절망을 베토벤은 "내가 할 수 있는 것이 무엇이 있는가? 운명 이상의 것이 있다!"라는 다짐으로 극복하려 했고, 결국 '운명 이상의 것'을 이루었습니다. 이 한 가지 사실만으로도 베토벤은 위대한 음악가인 것이지요.

나는 작곡가는 아니지만, 귀를 크게 다친 적이 있어서 베토벤의 심정을 조금은 이해한다고 감히 말할 수 있습니다. 군사 정권에 저항했다는 이유로 끌려가 고막이 터지도록 맞았을 때 느꼈던 분노와 절망은 젊은 날 내가 감당하기에는 너무 큰 상처였습니다.

아파서 그렇기도 했지만, 도무지 내가 왜 이렇게 맞아야 하는지 그걸 받아들일 수가 없었거든요. 지금도 귀가 좋지 않지만, 내게는 나 자신과 사회 그리고 운명에 대해 많은 것을 생각할 수 있었던, 잊고 싶으면서도 잊을 수 없는 경험이었습니다.

지나간 나의 이야기를 굳이 꺼낸 것은 베토벤의 삶을 내가 감명 깊게 받아들였다는 말을 하기 위해서입니다. 감동은 위대한 성과에 있는 것이 아니라 고난을 극복하는 과정에 있다는 사실을 《베토벤의 생애》를 읽으면서 여러 번 깨달았습니다.

《베토벤의 생애》를 쓴 프랑스의 대문호 로맹 롤랑은, 프로이센-프랑스 전쟁 패전 이후 프랑스 사회에 만연한 이기주의와 회의주의에 환멸을 느끼고 이 책의 집필을 결심했다고 합니다. 조금은 영웅주의적인 발상이지만, 베토벤은 다른 사람의 기를 죽이지 않고 용기를 주는 인물이므로 로맹 롤랑의 의도를 무조건 비난할 수만은 없는 노릇입니다.

실제로 그의 《베토벤의 생애》는 수많은 사람들에게 큰 감동을 전해 주었고, 적지 않은 사람들이 길을 헤맬 때 이 책의 도움을 받은 것으로 알고 있습니다.

여러분에게 철 지난 베토벤의 이야기를 꺼내는 내 마음을 무조건 알아 달라고 하면 그건 욕심이겠지요. 하지만, 이 책을 한번 읽어 보면 내가 왜 이렇게 구구절절 긴 사연을 들어 가며 여러분에게 베토벤, 베토벤 하는지 알게 될 거라고 믿습니다.

십대의 힘, 눈부신 감수성

正本 김삿갓 풍자시 전집

구름이 되어 세상을 떠돈 천재 시인 김삿갓의 날카로운 풍자와 비판

길주 명천(吉州 明川)

좋은 고을 길주라 하나
조금도 좋은 고을이 아니어서　　　　　吉州吉州不吉州
허가가 많이 사나
과객을 허하는 집 하나도 없다.　　　　許可許可不許可

밝은 강 명천이란 지방에
사람은 전혀 밝지 못해서　　　　　　　明川明川人不明
고기밭이란 어촌에
고기란 꼬리도 볼 수 없다.　　　　　漁佃漁佃食無魚

《正本 김삿갓 풍자시 전집》109~10쪽
김병연, 이응수, 실천문학사, 2000

40년을 떠돌아다니며 시를 지은 조선 후기 최고의 보헤미안 시인이 있습니다. 삿갓 하나 쓰고 조선 팔도를 누빈 김병연은 기구한 생애로 많은 사람들에게 알려져 있습니다.

하지만, 김삿갓의 시를 아는 사람은 거의 없습니다. 어쩌면 김삿갓은 뛰어난 자기 작품이 제대로 평가받지 못하는 현실을 기구한 자기 팔자보다 더 한스러워할지 모르겠습니다.

그는 천재 시인이었습니다. 벼슬을 포기하고, 자기 자신을 혐오하면서, 몸과 마음 모두 떠다니기만 했던 김삿갓은 당대 양반 귀족들의 부패상을 날카롭게 꼬집은 놀라운 풍자시들을 많이 남겼습니다.

김삿갓의 일대기는 많이 알려졌고 소설 형식으로도 나왔지만, 그의 시를 본격적으로 연구하고 수집하는 사람은 없었습니다. 늦었지만, 평양에서 이미 출간된 《正本 김삿갓 풍자시 전집》이 남쪽에서도 나와서 다행입니다.

좋은 책이 나와서 기분 좋고, 남북한의 출판 교류가 시작되어 더욱더 기분 좋습니다. 좋은 책이 양쪽에서 모두 하나 둘씩 나왔으면 하는 바람입니다. 인터넷 서점에서 주문만 하면 세계 어디서든 책을 받아볼 수 있지만, 북한만은 예외입니다. 이제 조금씩 바뀌어야 하고, 그렇게 되리라 믿습니다.

이 시집을 읽어 보면 김삿갓은 예리한 시각만큼이나 언어 감각이 탁월한 시인이었습니다. 김삿갓은 시어 하나하나로 풍자를 하고, 내용으로 풍자를 하니 이중의 풍자 효과를 노린 시인입니다. 무엇보다 그 풍자 효과를 확실하게 거둔 성공한 시인이지요.

세상 어디에서도 정착할 수 없었던 반항아 김삿갓의 시를 한번 읽어 보라고 권하고 싶습니다. 세상에서 조금 비켜선 사람의 시각이 때로는 세상을 가장 정확하게 보는 법이거든요. 내 감각이 무뎌졌다고 느낄 때마다 읽는 책입니다. 잊고 있었던 시의 매력을 느끼게 하는 시집이기도 하지요. 시인은 시로 먼저 만납시다.

부생육기

손수건 한 장 준비한 다음 읽어야 할, 아름답고 슬픈 사랑의 이야기

어쩌다 집 안에서도 어두운 밤이나 좁은 골목에서 만나게 되면 손을 꼭 잡고 '어디 가세요?' 라고 물었다. 그러면 가슴이 두 방망이질 치곤 했다. 마치 누군 가가 옆에서 보고 있기라도 한 것처럼. 처음에는 함께 걸어가거나 나란히 앉게 되면 다른 사람들의 눈을 피하려고 했지만 시간이 흐르면서 다른 사람들을 개 의치 않게 되었다. 운이는 다른 사람들과 앉아 얘기를 나누다가도 나를 보게 되면 반드시 일어나서 자리를 내어주었고 나는 그 옆에 가서 앉곤 했다. 사실 서로 그렇게 하는 줄도 몰랐다.

《부생육기》 18쪽

심복, 권수전, 책세상, 2003

불교에서는 사랑하는 사람도 미워하는 사람도 만들지 말라고 합 니다. 사랑하는 사람은 만나지 못해서 괴롭고, 미워하는 사람은 만나서 괴롭다는 것이지요. 틀린 말은 아닙니다만, 살면서 사랑하는 사 람 하나 없으면 그것도 큰일 아닐까요? 어떤 시인은 누군가를 진정으 로 사랑하지 못한 것이 가장 후회된다고 고백하기도 했거든요.

《부생육기》는 청나라의 평범한 선비 심복이 '운이' 라는 이름의 자기 아내와 나눈 애틋한 사랑을 17년에 걸쳐 써 내려간 자전 소설입니다. 수줍게 사랑을 나누던 두 사람은 결혼을 합니다. 중국 각지를 떠돌아다 닌 보헤미안 선비 심복은 아내와의 꿈 같은 결혼 생활에 더없이 만족하지만, 부모 형제와의 갈등으로 마냥 행복하지만은 않습니다.

게다가 청대의 사회가 심복의 마음을 더욱더 허무하게 만들었지요. 아내 이외에는 어느 곳에도 마음 붙이지 못하는 심복의 방황은 가난으로 이어질 수밖에 없었습니다.

목숨처럼 사랑했던 아내는 먼저 떠나고, 설상가상이라고 아들마저 얼마 뒤 죽게 되지요. 심복은 자기 살이 떨어져 나가는 아픔을 느낍니다. 그리고 그는 붓을 잡았습니다. 인생에서 모든 것을 잃었다고 생각한 심복은 아무런 욕심 없이 담담하면서도 아름답게 아내를 회상합니다.

이 소설이 너무나 아름다워서 읽다가 눈물 흘렸다는 남자도 여러 명 만났습니다. 겉으로만 강한 척하는 남자들의 여린 속마음을 이 작품은 간파하고 있었던 겁니다.

이 소설을 읽으면서, 사랑하는 마음이야말로 세상에서 가장 순수하고 아름답다는 말을 인정하지 않을 수 없었습니다. 나는 누군가를 심복처럼 순수하고 열정적으로 사랑한 적이 있었던가, 지난날을 뒤돌아보기도 했지요. 심복이 인생은 결국 구름처럼 덧없이 흘러가는 것이라는 말을 했을 때, 나도 모르게 한숨을 쉬기도 했습니다.

이런 슬픈 이야기를 여러분에게 권하는 게 과연 잘하는 일일까 잠깐 망설였습니다. 하지만 슬픔은 인간이 가질 수 있는 가장 숭고한 감정이기도 합니다. 여러분은 지금 인생에서 가장 뛰어난 감수성을 가진 시기가 아닙니까? 이 책의 슬프면서도 아름답고, 격정적이면서도 허무한 감정을 느끼고 난 뒤 여러분은 보다 성숙해질 것입니다. 그래서, 고민 끝에 이 책을 권하기로 했습니다.

사랑을 두려워하면 사랑을 모두 놓쳐 버리듯이, 좋은 책도 두려워하지 말고 다가설 때 만날 수 있습니다. 손수건 한 장 먼저 준비한 다음 《부생육기》를 천천히 읽기 바랍니다.

섬

그냥 혼자 있고 싶을 때, 아무도 모르게 숨어들고 싶을 때……

때는 사월이나 오월쯤이었다. 내가 그 골목의 직각으로 꺾이는 지점에 이를 때면 강렬한 재스민과 리라꽃 냄새가 내 머리 위로 밀어닥치곤 했다. 꽃들은 담장 너머에 가려져 있어서 보이지 않았다. 그러나 나는 꽃 내음을 맡기 위하여 오랫동안 발걸음을 멈춘 채 서 있었고 나의 밤은 향기로 물들었다. 자기가 사랑하는 그 꽃들을 아깝다는 듯 담장 속에 숨겨 두는 그 사람들의 심정을 나는 너무나도 잘 이해할 수가 있었다. 하나의 정열은 그 주위에 굳건한 요새의 성벽들을 쌓아 두고자 한다. 그때 나는 하나하나의 사물을 아름답게 만드는 비밀을 예찬했다. 비밀이 없이는 행복도 없다는 것을.

《섬》83~4쪽

장 그르니에, 김화영, 민음사, 1997

그냥 혼자 있고 싶을 때가 있습니다. 가만히 앉아서 밖으로 나가고 싶어질 때까지 잠적하고 싶어질 때가 나는 가끔 있습니다. 그럴 때 나는 장 그르니에의 《섬》을 읽습니다.

만사 귀찮은데 그 책은 왜 읽는지 이해가 되지 않는다면, 일단 한번 읽어 보십시오. 그래도 정 궁금하다면 힌트를 조금 드리겠습니다.

"혼자서, 아무것도 가진 것 없이 낯선 도시에, 도착하는 공상을 나는 몇 번씩이나 해보았다. 그리하여 나는 겸허하게, 아니 남루하게 살아보았으면 싶었다. 그러나 무엇보다 그렇게 되면 나는 '비밀'을 고이 간직할 수 있을 것이다."

이 부분은 내가 아니라 장 그르니에의 수제자인 알베르 카뮈가 노래처럼 부르고 다녔던 《섬》의 한 구절입니다. 하지만, 이것만 이 책에서 특별한 구절이 아닙니다.

《섬》에서만 느낄 수 있는 신비스러운 매력은 이 책을 읽어야만 느낄 수 있습니다. 여러분, 잠시 모든 것 놓아두고 훌훌 섬으로 떠나십시오.

진달래꽃

우리 민족이 지닌 한의 정서를 기교도 꾸밈도 없이 그린 김소월

가는 길

그립다
말을 할까
하니 그리워

그냥 갈까
그래도
다시 더 한 번……

저 산에도 까마귀, 들에 까마귀,
서산에는 해진다고
지저귑니다.

앞 강물, 뒷 강물,
흐르는 물은
어서 따라오라고 따라가자고
흘러도 연달아 흐릅디다려.

《진달래꽃》 72쪽
김소월, 미래사, 2001(1991)

김 소월의 시를 한 편 정도 모르는 사람은 아마 없을 것입니다. 교과서에 나오는 탓도 있지만, 그의 시는 이상하게 한 번 읽으면 쉽게 잊혀지지가 않기 때문일 것입니다. 특별한 시적 기교도, 난해한 언어도 없이 누구나 쓸 수 있을 것 같은 그의 시는 가슴에 오랫동안 머무르게 되는 힘을 가지고 있습니다. 물론 누구나 쓸 수 있을 것 같아 흉내 내 보면 그게 천만의 말씀이란 걸 금방 알 수 있지만 말입니다.

실제 김소월은 한국적인 정서를 민요조의 시로 나타내는 데 많은 노력을 기울였습니다. 한국인의 정서에 유독 친근한 소월의 시를 이야기할 때 '한(恨)'을 빼놓을 수 없지요. 한이 무엇이다 딱 잘라 말할 수는 없지만, 도무지 풀 수 없는 아픔 정도로 생각하면 어떨까 싶습니다.

사랑하는 사람을 잃은 슬픔, 조국을 빼앗긴 아픔, 고향에 돌아가지 못하고 떠도는 서글픔, 지나간 세월을 애타게 그리워하는 마음, 정다운 사람들과 순수한 시절에 대한 향수 등을 낭만적인 정서로 곱게 나타낸 소월의 시를 읽을 때마다, 나도 지나간 세월들을 가만히 뒤돌아보게 됩니다.

슬픔을 왜 풀지 않고 가슴에 묻어 두냐고 물어볼 사람이 여러분 가운데 있을지도 모르겠습니다. 또 소월의 시는 지나고 나서 혼자 후회하는 바보 같은 답답한 정서를 담고 있다고 생각할지도 모르겠군요.

망설이고 머뭇거리다가 결국 포기하는 이들이 모두 용기가 없어 그렇다고는 할 수 없습니다. 〈진달래꽃〉, 〈초혼〉 등의 작품에서 느낄 수 있는, 고통을 감수하면서 집착을 넘어서는 큰 사랑을 어떻게 용기 없는 소극적인 자세라고 말할 수 있겠습니까. 〈나그네길〉, 〈산유화〉 같은 작품에서 찾을 수 있는 허허로움은 또 어떻구요.

문학평론가 유종호 선생이 "터주 시인으로 앉히기엔 미우나 고우나 소월밖에 없다"고 한 말에 동의할 수밖에 없습니다.

가난한 사랑노래

'감탄' 과 '감동' 이 어떻게 다른지를 알고 싶다면……

가난한 사랑노래

……

가난하다고 해서 사랑을 모르겠는가
내 볼에 와 닿던 네 입술의 뜨거움
사랑한다고 사랑한다고 속삭이던 네 숨결
돌아서는 내 등뒤에 터지던 네 울음.
가난하다고 해서 왜 모르겠는가
가난하기 때문에 이것들을
이 모든 것들을 버려야 한다는 것을.

《가난한 사랑노래》 33쪽
신경림, 실천문학사, 1997

'우 리 시대의 시인' 이라고 신경림 선생을 소개한다면 너무 상투적
이겠지요? 나도 신경림 선생을 비교적 오랜 세월 가까이에서
뵙고 있지만, 이분은 정말 시인입니다. 세상 사람 누구와도 금방 친구
가 되고, 어떤 곳에 가서도 이내 그곳 사람이 됩니다.

감동과 감탄이 어떻게 다른지를 알고, 감탄만 자아내는 시를 멀리하
는 선생의 선비 같은 정신을 보며 나는 항상 많은 것을 배우고 얻습니
다. 시가 감탄에 그치지 않고 감동으로 나아갈 수 있기 위해서는 시 속

에 시인의 삶이 들어 있어야 한다는 사실을 나는 신경림 선생을 통해 확인할 수 있었습니다.

그러나 나는, 신경림 선생과 가까운 사이라는 것보다 그분의 시를 읽을 수 있다는 것이 더욱더 좋습니다. 워낙에 좋은 시들이 많아 한두 편 소개하는 것이 오히려 부끄러운 일이지요.

그 가운데 여러분에게 읽어 주고 싶은 〈가난한 사랑노래〉는 신경림 선생이 이웃의 젊은이에게 보내는 시입니다. 가난이 불편한 게 아니라 억울하고 서러운 것이라는 사실을 어떤 긴 사연보다도 더 가슴에 와 닿게 만드는 이 시를, 내 마음이 가난하다고 느껴질 때마다 펼쳐 보곤 합니다.

사람은 가진 게 없어서 가난하기도 하지만, 정서가 메말라 가난하게 살기도 합니다. 만약 어느 한쪽이라도 자신의 가난이 느껴지거든 이 시를 한번 읽어 보기 바랍니다. 그리고 인간에 대한 애정을 잔잔하지만 깊은 감동으로 전하는 신경림 선생의 다른 시들도 많이 접해 보기를 바랍니다.

우리의 소리를 찾아서

고단한 가운데 넉넉함을 잃지 않은 우리 조상들의 나지막한 목소리

　옛날에는 소가 농가의 가장 큰 재산이었다. 그런 만큼 누구나 쉽게 소를 장만할 수 있었던 것은 아니다. 소 없는 농가에서는 남의 집 암소를 한두 해 먹여 주고 거기서 난 송아지를 한 마리 얻는 방법으로 소를 마련했는데, 이를 '배냇소' 또는 '어울이소'라고 했다. 돈 없이 소를 마련하는 방법은 이것뿐이었다.

　동네에 빌려 쓸 소가 없거나 소가 들어갈 수 없을 정도로 험한 곳에서는, 하는 수 없이 사람이 괭이로 밭을 일궜다. 괭이꾼들이 일렬로 늘어서서 한 고랑씩 맡아 밭을 일구어 나가면, 뒤에 아낙네들이 따라오면서 씨앗을 놓는다. 화전이라서 불타고 난 재가 휘날려 땀 흘린 얼굴이 먼지 범벅이 된다. 노래라도 하지 않으면 안 되는 괴로운 상황이다.

　오호 괭이요

　조심하게 들어 주게 / 푸푹푸푹 파여 주게
　눈치 봐 찍어 주게 / 자뻐지지 말고 찍게
　한 손을 높이 들고 / 푹푹 파만 주게
　어허 지구 좋을씨고 / 좁씨가 안 묻혔네
　남의 발을 찍지 말고 / 어헐씨구 파만 주게
　서산 해가 다 넘어갔네 / 집으로 돌아가자
　한잔 술을 먹고 보자 / 넝감 할머이 자고 보자

《우리의 소리를 찾아서》 제1권 45쪽

최성일, 돌베개, 2002

208

민요, 판소리라면 가던 길도 멈추고 듣는 나는 최상일 PD의 《우리의 소리를 찾아서》 두 권이 나오자마자 사서 읽은 열혈(?) 독자입니다. 라디오 방송에서 가끔씩 듣기만 했던 〈우리의 소리를 찾아서〉를 이제 책으로 읽고 음반으로 들을 수 있게 되었습니다. 경사도 이런 경사가 또 없습니다.

소리 한 가락 할 줄 아는 어르신들은 점점 사라져 가고, 민요를 알고 찾는 사람들은 더 줄어드는 마당에 최상일 PD 같은 양반이 있다는 게 불행 중 다행입니다.

이탈리아 민요, 러시아 민요, 스코틀랜드 민요, 아일랜드 민요는 아직 멀쩡한데, 왜 우리 민요만 위태위태한 것일까요? 들어 보면 알겠지만, 우리 민요가 어디 모자라는 것도 아닌데 말입니다.

가장 소박하고, 가장 보편적인 정서를 담은 이 땅의 노래가 사라진다는 것은 안타깝다 못해 위험한 일입니다. 소리 가락을 가만히 듣고 있다 보면, 가난하고 고단한 우리 조상들의 삶이 가슴으로 느껴집니다. 살림살이는 뻔하고, 밥 나올 곳은 논밭밖에 없고, 하루라도 늘어지게 쉬다가는 굶어 죽기 딱 좋은 시절이었습니다.

여자들은 혹독한 시집살이에 눈물 마를 날이 없었지요. 하지만, 웃음과 용기를 잃지 않았습니다. 모든 걸 받아들이고 용서하면서, 즐겁고 넉넉한 마음으로 살았습니다. 이 책을 봐도 그런 내력이 민요와 함께 잘 나타나 있습니다.

노래 부르는 어르신들도 어르신들이지만, 남의 노래 들으러 다니는 최상일 PD도 보통 사람이 아닙니다. 서울에서 방송국 다니는 사람 왔다고 어려워하는 시골 양반들 마음을 돌려서 가는 마을마다 한판 잔치를 벌이는 최상일 PD의 비법이 궁금하지 않습니까? 이 책을 읽다 보면 그 비법도 전수받을 수 있게 되지요.

이 책을 읽으면서 우리 나라 사람들은 참 착한 심성을 가졌다는 사실을 다시 한 번 확인했습니다. 그 하나로도 가슴이 뿌듯하고 기분 좋아지더군요.

'우리의 소리'는 찾을 만한 가치가 있습니다. 그런데, 예나 지금이나 우리는 왜 이렇게 노래를 좋아하는 걸까요? 문득 신흠(申欽, 1566~1628)의 시조 하나가 생각났습니다. 여러분도 동의할지 모르겠습니다만, 내 생각은 이렇습니다.

노래 삼긴 사람 시름도 하도 할샤
닐러 못다 닐러 불러나 푸돗던가
진실로 풀릴 것이면 나도 불러 보리라.

예언자

상처받을까 두려워 자기 앞에 닥쳐온 소중한 사랑을 밀어내지 마라

사랑에 대하여

......

사랑이 그대를 부르거든 그를 따르라. 비록 그 길이 힘들고 가파를지라도.
사랑의 날개가 그대를 감싸안거든 그에게 온몸을 내맡기라.
비록 그 날개 속에 숨은 칼이 그대를 상처 입힐지라도.

......

《예언자》 18쪽
칼릴 지브란, 류시화, 열림원, 2002

20세기에 성경 다음으로 많이 읽힌 책이 칼릴 지브란의 시집 《예
언자》입니다. 레바논 출신의 칼릴 지브란은 열두 살 되던 해
온 가족이 미국으로 이민을 떠납니다. 보스턴 뒷골목에서 가난한 이방
인으로 자란 그는 그림에 남다른 재능을 보였다고 합니다. 문학과 미술
만이 외로운 소년의 마음을 달랬습니다. 이 시집에 실린 그림 역시 모
두 칼릴 지브란의 작품입니다.

우울한 나날을 보내던 그에게 드디어 사랑이 찾아왔습니다. 열두 살
연상의 미국 여인 메리 해스킬을 만나면서 그는 어두웠던 자신의 삶에
서 한 가닥 희망을 발견했던 것입니다.

그녀에게 보낸 편지의 대부분이 이 시집에 실린 시입니다. 그러나, 칼릴 지브란의 사랑은 비극으로 끝납니다. 시인이자 화가로 성공을 거둔 그가 메리 해스킬에게 평생을 함께하자며 청혼했지만, 나이 차를 이유로 끝내 결혼을 거절당합니다.

생명처럼 아꼈던 연인에게서 버림받은 칼릴 지브란은 얼마 뒤 그녀의 사촌과 결혼을 합니다. 그리고 그 이후부터 세상과의 소통을 최소한으로 줄이고, 뉴욕 변두리에서 작품 활동에만 열중하다 생을 마칩니다. 〈결혼에 대하여〉라는 그의 시도 많은 이들의 고개를 끄덕이게 하지요.

......
서로 사랑하라. 그러나 사랑으로 구속하지는 말라.
그보다 그대들 혼과 혼의 두 언덕 사이에 출렁이는 바다를 놓아두라.
서로의 잔을 채워 주되 한쪽의 잔만을 마시지 말라.
서로의 빵을 주되 한쪽의 빵만을 먹지 말라.
함께 노래하고 춤추며 즐거워하되 서로는 혼자 있게 하라.
마치 현악기의 줄들이 하나의 음악을 울릴지라도 줄은 서로 혼자이듯이.

서로 가슴을 주라. 그러나 서로의 가슴속에 묶어 두지는 말라.
오직 큰생명의 손길만이 그대들의 가슴을 간직할 수 있으니.
함께 서 있으라. 그러나 너무 가까이 서 있지는 말라.
사원의 기둥들도 서로 떨어져 있고
참나무와 삼나무도 서로의 그늘 속에선 자랄 수 없으니.

그는 자신의 시에서 자신의 앞날을 내다본 셈이 됩니다. 사랑에 모든 것을 바치고, 사랑으로 힘든 현실을 버텨 냈지만, 결국 자신을 떠난 사랑으로 더 큰 절망에 빠집니다.

하지만, 칼릴 지브란의 시와 삶이 아름다운 이유는 사랑하는 사람에게서 받은 상처를 안으로 삼킨 데 있다고 생각합니다. 상처가 두려워 사랑을 내치는 것이야말로 가장 큰 어리석음이라고 칼릴 지브란은 '예언'했던 것이지요. 그의 예언은 딱 맞습니다.

나는 여러분이 사랑이 끝나고 난 뒤가 걱정되어 자기 앞에 닥쳐온 소중한 사랑을 밀어내는 일은 안 했으면 좋겠습니다. 혼자서만 얼굴 붉히는 짝사랑이라 해도 괜찮습니다. 다른 사람을 사랑하는 마음, 사랑 앞에서 느끼는 전율 그것이야말로 인생의 축복이니까요.

마음이 어지럽고 머리가 혼란스러울 때 《예언자》를 펼쳐 보십시오. 칼릴 지브란의 시 속에서 여러분은 '예언'을 찾을 수 있을 겁니다.

하늘과 바람과 별과 詩

별처럼 맑고 깨끗한 영혼의 시인, 그가 잡고 싶었던 청춘

사랑스런 追憶

……
기차는 아무 새로운 소식도 없이
나를 멀리 실어다주어,

봄은 다 가고—동경 교외 어느 조용한 하숙 방에서, 옛 거리에 남은 나를 희
망과 사랑처럼 그리워한다.

오늘도 기차는 몇 번이나 무의미하게 지나가고,

오늘도 나는 누구를 기다려 정거장 가차운 언덕에서 서성거릴 게다.

—아아 젊음은 오래 거기 남아 있거라.

《하늘과 바람과 별과 詩》108~9쪽

윤동주, 미래사, 2001(1991)

윤 동주 시인의 사진을 보면 글과 사람이 하나라는 말에 고개를 끄
덕이게 됩니다. 선한 눈매와 단정한 자세, 조금은 슬퍼 보이는
얼굴로 사각모를 쓰고 있는 윤동주 시인의 사진을 볼 때마다 내 마음은

그냥 숙연해집니다.

　모든 일에 조금은 망설였을 것 같은 윤동주 시인이 청춘의 추억에 대해 잔잔하게 쓴 시를 나는 여러분에게 읽어 주고 싶습니다. 이 시를 읽을 때마다, 화사한 봄이 지나갈 때쯤 멀리서 들어오는 기차를 설렘과 회한을 안고 혼자 기다리고 있었을 윤동주 시인을 상상해 봅니다. 그곳이 일본의 동경(東京)이냐 아니냐, 그것은 그다지 중요하지 않을 것입니다.

　이 시의 압권은 뭐니 뭐니 해도 "아아 젊음은 오래 거기 남아 있거라"에 있지 않을까요. 세상일에 아무런 욕심이 없을 것 같아 보이는 윤동주 시인도 지나가는 젊음만큼은 붙잡고 싶었던 모양입니다. 그게 사람 힘으로 안 된다는 것까지 알면서 말입니다.

　윤동주의 시 가운데에는 여러분도 잘 알고 있을 〈자화상〉, 〈참회록〉, 〈쉽게 씌어진 시〉, 〈십자가〉, 〈별 헤는 밤〉 등등 식민지 현실을 고통스러워했던 지식인의 고뇌가 담겨 있는 아름다운 작품들이 참으로 많습니다. 〈병원〉 같은 시를 읽으면 시인의 실험정신도 발견할 수 있게 되지요. 그는 일제에 맞섰던 저항 시인이면서 민족적 색채와 감성을 살리고자 했던 민족 시인이었습니다.

　윤동주 시인은 1943년 독립 운동 혐의로 일본에서 체포되어 1945년 2월 해방을 바로 앞에 두고 일본의 감옥에서 옥사했습니다. 젊음을 오랫동안 붙잡고 싶어 했던 가난한 마음의 시인은 자신의 삶을 일제의 감옥에서 그렇게 마감했습니다. 가슴 아프다는 말로도 뭔가 표현이 부족하다고 느껴지는 윤동주 시인의 안타까운 죽음입니다.

　시인과 가장 가까워지는 방법은 그의 시를 읽는 것이라고 나는 믿습니다. 어지럽고 또 어지러운 시대에 깨끗하고 선하게 살려고 했던 윤동주 시인의 마음을 여러분과 함께 느끼고 싶습니다.

섬진강

고향을 지키며 흙과 들꽃과 아이들과 함께 숨쉬는 섬진강의 파수꾼

섬진강 1

가문 섬진강을 따라가며 보라
퍼가도 퍼가도 전라도 실핏줄 같은
개울물들이 끊기지 않고 모여 흐르며
해 저물면 저무는 강변에
쌀밥 같은 토끼풀꽃,
숯불 같은 자운영꽃 머리에 이어주며
지도에도 없는 동네 강변
식물도감에도 없는 풀에
어둠을 끌어다 죽이며
그을린 이마 훤하게
꽃등도 달아 준다
……

《섬진강》 8쪽

김용택, 창작과비평사, 2000(1985)

이제는 '섬진강 시인'으로 통하는 김용택은 고향 마을 초등학교에서 아이들을 가르치며 섬진강을 떠나지 않는 의리 있는 시인입니다. 우리는 고향이 아름답고 그립다고 말하면서도 짐을 싸서 도시로

만 왔습니다. 물론 처음부터 도시가 고향인 사람도 있지만 말입니다.

나는 《섬진강》을 읽을 때마다 어디 섬진강만 이렇게 아름다운가 싶다가도, 시집을 다 읽고 나면 우리 나라에 이렇게 서럽게 아름다운 강은 섬진강밖에 없다는 결론을 혼자서 내립니다.

김용택 시인은 작가들이 자랑으로 여기는 문학 수업을 정식으로 받은 적이 없지만, 농촌에서 농사짓는 사람들과 함께 어울려 살면서 그 속에서 문학의 꿈을 키웠습니다. 그리고 누구보다 혹독한 혼자만의 문학 수업을 치른 것으로 알고 있습니다.

그게 가능할 수 있었던 것은 섬진강의 빼어난 아름다움 때문이 아닐까 싶습니다. 그리고 보면 섬진강도 김용택 시인도 모두 복이 많습니다. 시인은 별다른 사람이 아니고, 시는 누구에게나 아름다운 언어로 다가갈 수 있다는 것을 김용택 시인은 멋 부리지 않으면서도 잘 닦인 작품으로 보여 주었습니다.

해 지는 저녁 무렵에 섬진강을 찾아가는 짧은 여행을 한번 계획할 작정입니다.

노래의 책

문학이 사회를 바꿀 수 있다고 믿었던 혁명 시인의 낭만적인 목소리

인생을 살면서 보내는 인사
(방명록)

우리가 사는 지구는 큰 도로,
우리 인간들은 그곳을 지나는 행인;
사람들은 달리고 질주하지, 걷거나 말을 타고,
달리기 선수나 파발꾼처럼.

사람들은 서로 지나치며 고개를 끄덕이고
의장마차에서 손수건으로 인사를 하지;
서로 끌어안고 키스를 나누고 싶지만,
말들은 우리를 끌고 달려가네.

......

《노래의 책》93~4쪽
하인리히 하이네, 김재혁, 문학과지성사, 2001

이 시를 읽을 때마다 스쳐 지나가는 모든 사람들과 인사해야지, 그런 생각을 합니다. 하지만 실천은 말처럼 쉽지 않습니다. 인사하는 걸 귀찮아하는 사람들이 생각보다 많더군요. 드러내 놓고 싫어하

는 사람도 있었습니다.

지나가는 사람과 웃으면서 인사하면 얼마나 좋을까요? 나는 외국 문화를 무조건 떠받드는 걸 싫어하는 사람이지만, 모르는 사람과도 스스럼없이 인사하는 외국 사람들을 볼 때마다 참 부럽습니다.

우리는 화난 얼굴로 자기 갈 길만 열심히 가지요. 그렇다고 더 빨리 가는 것도 아닌데 말입니다. 이제까지는 힘들게 살아왔으니 그랬다고 합시다. 지금부터라도 따뜻한 인사를 나누면서 지내자고 여러분에게 이야기하고 싶습니다.

이 시를 지은 하이네는 내가 여러분 나이 때부터 좋아했던 시인입니다. 독일의 대표적인 혁명 시인이자 낭만 시인이었던 하이네는 사회의 모순을 타파하는 데 목소리를 높이면서도 시를 통해 인생의 진정한 아름다움을 추구했습니다. 사람을 억압하는 사회에서 문학의 아름다움이란 있을 수 없다고 믿었기 때문입니다.

문학이 사회를 변화시킬 수 있다고 믿었던 하이네는 그 믿음을 부지런히 실천에 옮겼지만, 문학의 자율성 역시 철저하게 지키고자 노력했지요. 참여 문학과 순수 문학을 두부 자르듯이 나누어서만 생각하는 우리에게 하이네는 많은 것을 알려 줍니다.

둘 모두를 갖출 때 문학은 문학으로 살아남는다고 나는 생각합니다. 문학의 위기, 심지어 문학의 죽음이라는 말까지 나오는 시대에, 문학은 무엇을 위한 것인가라는 오래된 질문을 해봅니다. 주위의 문학 하는 친구들에게 건방지다는 핀잔을 듣는다고 해도 괜찮습니다. 나는 하이네도 문학도 사랑하니까요.

# 야생초 편지

이 세상에 이름 없는 풀, 이름 없는 꽃은 하나도 없다

내가 야생초를 좋아하는 이유 중의 하나는 내 속의 만을 다스리고자 하는 뜻도 숨어 있다. 인간의 손때가 묻은 관상용 화초에서 느껴지는 화려함이나 교만이 야생초에는 없기 때문이지. 아무리 화사한 꽃을 피우는 야생초라 할지라도 가만히 십 분만 들여다보면 그렇게 소박해 보일 수가 없다. 자연 속에는 생존을 위한 몸부림은 있을지언정 남을 우습게 보는 교만은 없거든. 우리 인간만이 생존경쟁을 넘어서서 남을 무시하고 제 잘난 맛에 빠져 자연의 향기를 잃고 있다. 남과 나를 비교하여 나만이 옳고 잘났다며 뻐기는 인간들은 크건 작건 못생겼건 잘생겼건 타고난 제 모습의 꽃만 피워 내는 야생초로부터 배워야 할 것이 많다. 야생초를 사랑하면서 교만한 자가 있다면 그는 다른 목적으로 야생초를 사랑하고 있는 것이다.

《야생초 편지》 102쪽

황대권, 도솔, 2002

이름 모를 풀과 꽃에다 대고 이름 없는 풀, 이름 없는 꽃이라고 함부로 말했던 나 자신을 반성하게 만든 책이 《야생초 편지》입니다. 또 별다른 주목을 받지 못한 채 있는 듯 없는 듯한 풀들을 나도 모르게 밟지는 않았나 걱정하게 만든 책이기도 합니다.

어떤 풀 할 것 없이 이름이 있고, 그 나름의 사는 방식이 있다는 사실을 이 책을 통해 새삼 깨달았습니다. 누구한테 내세울 일이 없으니 폼을 잡지 않아도 되고, 누구처럼 흉내를 내지 않아도 되니 자기 자신의

모습을 있는 그대로 지킬 수 있는 야생초가 우리에게 하고 싶은 말은 참으로 많을 것입니다.

여러분 가운데서도 자신이 너무 초라하게 느껴져 힘들어하는 친구가 있을지도 모르겠군요. 하지만, 이 책을 읽으면 생명 있는 모든 존재는 그 자체로 하나의 세상임을 알게 될 것입니다. 그걸 느끼고 주눅 든 어깨를 펴서 넓은 마음으로 세상과 마주하기를 간절하게 바랍니다.

이 책에 나오는 알쏭달쏭한 야생초 이름까지 외운다면 그야말로 금상첨화가 아닐까요. 《야생초 편지》에는 잘난 척하지 말라고 여러 차례 나오지만, 야생초 이름 아는 것은 살짝 자랑해도 괜찮다고 나는 생각합니다. 친구들에게 어깨를 으쓱대며 야생초 이름 자랑하는 여러분의 모습은 상상만 해도 아름답습니다.

새 근원수필

담담하고 소박한 화가의 문장이 건네는 잔잔한 목소리

아무것도 아닌 일에 걸핏하면 외로움을 느끼게 된다.

나이 이십을 전후할 적에 이런 일이 많았다. 그것을 나는 인생의 가장 낭만적인 시기인 관계라 하겠다.

처녀로 치면 공연히 산만 보아도 울고 싶고, 꽃만 보아도 울고 싶은 그러한 심사와 같이 공연히 울적하여, 대하는 사람마다 모두 나를 보고 조롱하는 것 같고, 친구들까지도 나만을 따로 돌리는 것 같아서 외롭고 슬픈 마음을 걷잡을 수 없던 때가 제법 한동안 계속되었다.

그럴 때면 나는 흔히 책을 읽고 그림을 그렸다.

아무도 안 보는 호젓한 곳에서 혼자서 글을 읽고 그림을 그리는 동안에 이 고독한 심사는 얼마쯤 위안이 되는 것이었다.

《새 근원수필》 65쪽
김용준, 열화당, 2001

《새 근원수필》의 저자인 김용준 선생은 문장가이기 전에 뛰어난 화가입니다. 우리는 문학과 미술이 동떨어진 것이 아님을 선생을 통해 확인하게 되지요.

게다가 《새 근원수필》 도처에서 확인할 수 있는 선생의 인문학적 수준은 놀랍다는 표현으로도 모자랍니다. 지독한 책벌레가 아니고서야 동서양의 고전을 꿰뚫는 김용준 선생의 안목은 생기기 힘들었을 것입니다.

더 놀라운 사실은, 엄청난 지식의 소유자인 선생이 《새 근원수필》에서 조금도 잘난 체하지 않으면서 놀라운 재치를 발휘하였다는 겁니다. 그런 선생도 젊은 시절 마음 둘 곳 없는 외롭고 우울한 날을 그림 그리기와 책 읽기로 달래었나 봅니다.

당대의 일급 예술가가 담담하고 소박하게 자신의 생활을 이야기하고 있는 《새 근원수필》은 여리고 순수한 이들에게 보내는 일종의 응원과도 같은 책입니다. 한국어의 아름다움을 느낄 수 있다는 것도 이 책의 매력에서 빠질 수 없습니다.

누구도 나에게 관심을 가지지 않는 것 같고 사람과 세상 모두 불편하게 느껴질 때, 《새 근원수필》을 읽는 것은 내가 가끔씩 부리는 사치이기도 합니다.

이 책 제목에 '새'라고 들어가는 이유가 궁금한가요? 《근원수필》은 원래 1948년에 처음 책으로 나왔습니다. 거기에 몇 편의 글을 더하고 다듬어 새로 낸 것이 바로 《새 근원수필》이지요. '근원'이 김용준 선생의 호인 것은 눈치 빠른 친구들은 이미 짐작하고 있겠지요?

데미안

세상 사람은 둘로 나눌 수 있다, 이 책을 읽은 사람과 읽지 않은 사람

내 속에서 솟아 나오려는 것.

바로 그것을 나는 살아 보려고 했다. 왜 그것이 그토록 어려웠을까.

《데미안》 7쪽

헤르만 헤세, 전영애, 민음사, 2000(1997)

내가 《데미안》에 완전히 감전되었던 때가 있습니다. 고등학교 2학년 때였지요. 그때 나는 친구들과 세상 사람들을 둘로 나누었습니다. 《데미안》을 읽은 사람과 읽지 않은 사람으로요.

그때의 이분법을 지금도 후회하지 않습니다. 지금도 가끔씩은 유효하고 말입니다. 여러분도 읽어 보면 나와 비슷한 심정을 느끼리라 믿습니다. 내가 너무 단정적인가요?

나의 서양미술 순례

어떤 미술사 책보다 더 가까이 서양 미술에 다가서게 하는 강한 호소력

어느 날 나는 빠리 시내의 빨레 드 토오꾜오라는 미술관에서 한 장의 그림 앞에 서 있었다.

아무리 보아도 명화는 아니다. 어찌 보면 로드쇼의 간판 같기도 하다. 그러나 사나이들의 눈과 손의 절박한 표정, 허둥대는 모습과 배경의 불타는 듯한 하늘에, 내 마음을 잡아끄는 기묘하고 강력한 힘이 있었다.

이 사나이들은 대체 어디서 와서 어디로 가는 것인가? 무엇을 쫓고 있는가? 아니면 쫓기고 있는가? 고향에서 쫓겨난 난민인가? 혹은 괴로운 여행을 계속하는 순례자인가?

곰곰이 바라보고 있노라니,

아아, 내가 지금 꼭 이런 꼴이겠구나 하고 생각되었다.

작자는 외젠 뷔르낭(Eugene Burnand)이라는데 들어 본 일도 없는 이름이다.

그림 제목은 〈성묘(聖墓)로 달려가는 사도 보드로와 요한〉이라 되어 있었다.

《나의 서양미술 순례》200~1쪽

서경식, 박이엽, 창작과비평사, 2002(1992)

서 승·서준식·서경식 형제들을 보면 피는 못 속인다 싶습니다. '형제는 용감했다'라는 출처를 알 수 없는 말도 함께 떠오릅니다. 재일교포인 이들 삼형제는 일본에서는 조선인이라는 소수자로 살았고, 조국인 한국에서는 불온하다는 낙인이 찍혀 고통받아야 했습니다.

조국을 좀 더 가까이에서 체험하고 이해하기 위해 한국으로 유학 온 서승과 서준식 두 형들은 간첩이라는 누명을 쓰고 끝이 보이지 않는 감옥살이를 했습니다. 게다가 큰형인 서승은 감옥에서 분신자살을 기도해 온 얼굴과 몸이 화상으로 얼룩졌습니다.

부모님은 몇 년 후 돌아가시고, 감옥의 형들은 전향이라는 폭력을 거부하며 장기수의 길을 택했습니다. 마른 하늘에 날벼락이 떨어졌다고 해도 과장이 아닙니다.

이런 가족사의 아픔과 재일교포로서의 오랜 상처, 한국 현대사에 대한 고뇌 등을 짊어진 청년 서경식은 유럽으로 '서양미술 순례' 길을 떠납니다. 그리고 어떤 서양 미술사에 주눅 들지도 의지하지도 않은 채 그림 구경을 하면서 자신을 깊이 응시하고 돌아옵니다. 이 책의 제목을 과감하게 '나의 서양미술 순례'라고 할 수 있었던 것도 그림 구경의 중심에 자기 자신이 있었기 때문이라고 나는 생각합니다.

그가 보고 이야기하는 그림 가운데에는 유명한 것도 있고, 생소한 것도 있습니다. 그러나 모두 눈길을 쉽게 뗄 수 없는 매력을 가진 그림이라는 공통점을 가지고 있어 호소력 짙은 순례기에 더없이 잘 어울립니다. 나도 이 책 덕분에 가만히 앉아 좋은 그림 구경을 많이 했습니다. 이 책에 나오는 서른아홉 장의 명화들을 서경식의 이야기와 함께 만나고 나면 그 두꺼운 서양 미술사 책들을 보는 것보다 훨씬 더 가까이 서양 미술에 다가서게 된다고 믿습니다.

그림 구경뿐 아니라 인간과 역사에 대한 성찰까지 하게 되니 일석삼조(一石三鳥)라고 할까요. 아니, 이 글의 고졸한 문학성을 고려한다면 일석사조(一石四鳥)라고 해야겠군요.

마음

기성 세대와 청년 세대의 대결, 근대 일본 사회 청년의 고민과 갈등

나는 선생님의 이 인생관의 기점에 강렬한 연애 사건을 하나 상정해 보았다—물론 선생님과 사모님 사이에 일어난—. 사랑은 죄악이라고 선생님이 전에 한 말을 생각해 보면, 그 말이 조금은 실마리가 되기도 했다. 하지만 선생님은 나한테 사모님을 사랑한다고 말한 바 있다. 그렇다면 두 사람의 사랑에서 이런 염세적인 것에 가까운 각오가 나올 리 없었다. "전에 그 사람 앞에서 무릎을 꿇었다는 기억이 이번에는 그 사람의 머리 위에 발을 올려놓으라고 시킨다"라는 선생님의 말은, 현대를 살아가는 보통 사람들에 관해 말할 수 있는 내용일지언정 선생님과 사모님 사이에는 해당되지 않을 것 같았다.

조시가야에 있는 누군지 모를 사람의 무덤—이것도 이따금씩 내 기억에 떠올랐다. 나는 그것이 선생님과 깊은 관계가 있는 무덤이라는 것을 알고 있다.

《마음》 43~4쪽

나쓰메 소세키, 박유하, 웅진닷컴, 2002(1995)

일본 근대 소설의 아버지라고 불리는 나쓰메 소세키의 대표작 《마음》은 좋은 소설들이 대부분 그렇듯이 여러 가지로 접근할 수 있는 작품입니다. 연애 소설로도, 심리 소설로도, 추리 소설로도, 세대 간의 미묘한 갈등을 다룬 소설로도 모두 읽힐 수가 있지요.

나는 소설의 성격을 규정하는 일에는 관심이 없습니다. 소설은 분석하기 이전에 읽고 느끼는 것이니까요. 소설뿐 아니라 모든 문학 작품이 그렇지만 말입니다. 이 작품에서 내가 관심을 가지는 것은 선생과 청년의 미묘한 갈등입니다. 친구의 애인을 사랑하고 그녀와 결혼한 '선생'은 세상에 별다른 근심거리가 없어 보이는 완벽한 지식인으로 나오지만, 사실 자신의 결혼으로 친구를 죽음으로 몰아넣었다는 죄책감에 시달리는 심약한 사람이지요.

그 선생을 만나 이야기를 풀어 나가는 '청년'인 나는, 아무것도 하지 않으면서 세상을 관조하고 사람들을 멀리하는 선생을 경외의 대상으로 삼습니다. 그 무엇에도 흔들리지 않는 선생의 지독한 이기주의를 청년은 견고한 지성이라고 믿는 것이지요. 여기에 시골에 사는 청년의 아버지와의 보이지 않는 갈등이 소설의 한 축을 이룹니다.

나는 이 소설을 읽으면서 기성 세대와 청년 세대의 대결 아닌 대결을 느꼈습니다. 청년이 미래에 이루고자 하는 자신의 인간상이 아버지에 가까운가 선생에 가까운가 하는 고민이 이 작품 안에는 담겨 있는 것 같습니다. 청년이 중풍에 걸려 쓸쓸하게 죽어 가는 아버지에게 동정을 느끼고 선생의 유서를 읽고 인간의 한계와 나약함을 발견하는 것은, 두 사람 모두를 극복하고자 하는 청년 세대의 고민은 아닌가 모르겠습니다. 이것은 천황제를 근간으로 하는 일본 사회 근대기를 살았던 작가 개인의 고민일 수도 있을 것입니다.

마지막으로, 이 작품의 작가 나쓰메 소세키가 일본 지폐 하나를 점령하고 있다는 것도 알려 주고 싶습니다. 무사의 나라라고 하지만, 일본은 자국 근대 문학의 지평을 열었다는 나쓰메 소세키를 국민들과 항상 함께하도록 만들었습니다. 꼭 그 방법이 좋다는 것은 아니지만, 그들의 그런 정신만큼은 우리가 되새겨볼 필요가 있을 겁니다. 그러니 나쓰메 소세키 사진이 박혀 있는 지폐가 얼마짜리인지는 묻지 말아 주십시오.

무량수전 배흘림기둥에 기대서서

한국의 미(美)를 제대로 알고 사랑하려면

무량수전이 지니고 있는 이러한 지체야말로 석굴암 건축이나 불국사 돌계단의 구조와 함께 우리 건축이 지니는 참 멋, 즉 조상들의 안목과 그 미덕이 어떠하다는 실증을 보여 주는 본보기라 할 수밖에 없다. 무량수전 앞 안양문에 올라앉아 먼 산을 바라보면 산 뒤에 또 산, 그 뒤에 또 산마루, 눈길이 가는 데까지 그림보다 더 곱게 겹쳐진 능선들이 모두 이 무량수전을 향해 마련된 듯싶어진다. 이 대자연 속에 이렇게 아늑하고도 눈맛이 시원한 시야를 터줄 줄 아는 한국인, 높지도 얕지도 않은 이 자리를 점지해서 자연의 아름다움을 한층 그윽하게 빛내 주고 부처님의 믿음을 더욱 숭엄한 아름다움으로 이끌어 줄 수 있었던 뛰어난 안목의 소유자, 그 한국인, 지금 우리의 머릿속에 빙빙 도는 그 큰 이름은 부석사의 창건주 의상대사이다.

《무량수전 배흘림기둥에 기대서서》 78~9쪽

최순우, 학고재, 1999(1994)

최순우 선생의 글을 읽을 때마다 이분의 흉내 내기 힘든 열정과 안목에 놀라고, 사람을 끌어당기는 매력적이고도 편안한 문장에 매료됩니다. 영주 부석사에 갈 때마다 나는 선생이 말한 것처럼 무량수전 배흘림기둥에 기대서서 소백산 자락을 오랫동안 쳐다보곤 하지요. 별다른 이유도 없이 무엇인가 모자란 듯하고 어디인가 내세울 게 부족하다고 느꼈던 우리 문화와 자연에 대한 감사함을 그야말로 '사무치게' 느끼다가 돌아옵니다.

한국의 미는 일본인들이 말하는 것처럼 서럽고 애잔한 것만은 아닙니다. 소박하면서도 호방하고, 섬세한 것 같으면서도 스케일이 크고, 서두르는 것 같으면서도 중용을 지키는 것이 한국의 미입니다.

누구도 관심을 기울이지 않았던 한국 미술사에 최순우 선생이 우직하게 매달린 덕분에 이제는 많은 사람들이 우리의 아름다움을 소중히 여기고 또 그것을 느낄 수 있게 되었습니다.

우리의 예술 작품과 문화유산 어느 것 할 것 없이 직접 보고 연구하고 글로 쓴 최순우 선생의 업적을 과소평가해서는 안 됩니다. 그것은 학문적 업적으로서 대단하기 때문이기도 하지만, 자기 문화에 애정을 갖게 되는 처절한 과정을 선생이 몸소 보여 주었기 때문입니다.

그래서 《무량수전 배흘림기둥에 기대서서》를 읽으면 미학은 말처럼 고상하게 공부하는 것이 아니라 발품 팔아 가면서 온갖 것들과 부딪치는 학문이라는 것을 알게 됩니다.

최순우 선생은 의상대사의 안목에 감탄하였지만, 나는 최순우 선생의 안목에 매번 무릎을 칩니다. 여러분이 최순우 선생의 이 책을 읽고 우리 문화에 대해 자부심과 관심을 가질 수 있었으면 좋겠습니다.

그리고 아직도 묻혀 있는 수많은 우리의 문화유산을 찾아 알릴 수 있는 전문가들이 앞으로 많아지기를 바랍니다. 나에게는 아직 그만 한 안목이 없다고 말하지 마세요. 이 책이 있지 않습니까.

외딴방

쓰고 싶지 않았지만 쓸 수밖에 없었던, 가슴 깊이 숨겨 둔 이야기

봄과 여름 동안 내게서 문장은 떠나고 그녀의 목소리만 내 가슴에 물방울처럼 떨어져 내렸다.

"너는 우리들 얘기는 쓰지 않더구나."

"네게 그런 시절이 있었다는 걸 부끄러워하는 건 아니니?"

"넌, 우리들하고 다른 삶을 사는 것 같더라."

편안한 잠을 자고 깬 후면 어김없이 그녀의 목소리는 얼음물이 되어 천장으로부터 내 이마에 똑똑똑 떨어져 내렸다. 너.는.우.리.들.얘.기.는.쓰.지.않.더.구.나.네.게.그.런.시.절.이.있.었.다.는.걸.부.끄.러.워.하.는.건.아.니.니.넌.우.리.들.하.고.다.른.삶.을.살.고.있.는.것.같.더.라.

《외딴방》44~5쪽

신경숙, 문학동네, 1999(1995)

누구나 남에게 숨기고 싶은 과거가 있습니다. 평생을 숨기는 사람도 있고, 언젠가는 밝히는 사람도 있습니다. 무슨 죄를 진 것도 아닌데 과거를 숨기는 것은 부끄럽기 때문이겠지요. 자신의 과거를 안 사람이 과거로 자기를 평가할까, 혹은 함부로 이러쿵저러쿵 이야기할까 두렵기 때문이지요.

그런 걸 좋아할 사람이 어디 있겠습니까. 자신의 과거 앞에서 당당한 사람이 아름답다는 걸 모르는 사람도 없지만, 과거를 솔직하게 털어놓는 사람도 드뭅니다.

가슴에 맺힌 게 있어야 글을 쓴다는 이야기를 흔히 하지요. 가슴에 맺힌 말이라는 건 꼭 하고 싶은 말이라는 뜻일 겁니다. 우리 시대 가장 감수성 뛰어난 소설가로 평가받는 신경숙의 《외딴방》을 읽으면서 이 작가가 글을 쓸 때부터 하고 싶은 말은 무엇이었을까, 오랫동안 생각해 보았습니다.

하지만, 아무 말도 하지 않겠습니다. 작가는 작품으로 말하고, 독자는 책을 읽으면서 작가와 대화를 나누는 법이니까요.

그래도 한마디만은 하고 싶습니다. 읽고 나면 가슴이 뻥 뚫리게 하는, 사람 마음을 뒤흔드는 소설다운 소설이라는 내 느낌을 말입니다. 자전적이다 그렇지 않다라는 평가는 내가 보기엔 별 의미가 없습니다. 여러분 생각도 궁금합니다.